Paula Rienäcker
Rieke Rienäcker

Wir vom Jahrgang 2002

Kindheit und Jugend

Impressum

Bildnachweis:

Familienarchiv R. Rienäcker: Umschlag v. o. + Rückseite, S. 4 u., 6 u., 8 o. l./u., 12, 13, 15 o./u., 16 r., 17 u., 18 l., 19 o., 22 o., 23 u., 24 o., 26 o., 29, 33 r., 34 o., 35, 37, 38 u., 39, 41 u. l./r., 43 l./r., 44, 48 u. l., 54 o., 63; Familienarchiv P. Rienäcker: Umschlag v. u., S. 4 o. l., 10 o., 16 l., 18 r., 22 u., 30 o., 41 o., 51, 52, 53 o. l./r., 58 o., 62; Kurt F. Domnik/pixelio.de: S. 6; Familienarchiv E. Hotho: S. 4 o. r., 10 u. l./r., 21, 26 u. r., 38 o., 40, 47 o. l., 48 o., 57 u.; Familienarchiv van Ravenstein: S. 7, 8 o. r., 25 l., 45, 56; picture alliance: MediaPunch: S. 9 o., Silas Stein/dpa: S. 11 u., Geisler-Fotopress: S. 55; ullstein bild: snapshot-photography/Future Image/F. Kern: S. 9 u., Boness/IPON: S. 14; Familienarchiv Rickling/Osnabrück: S. 11 o., 17 o., 19 u., 20 o. r., 23 o., 25 r., 26 u. l., 27, 28, 31 r., 32, 34 u., 36, 44, 47 u.; Familienarchiv S. Beuermann: S. 20 o. l./u., 24 u., 30 u., 31 l., 33 l., 42, 46, 47 o. r., 58 u. l./r., 59, 60 l./r., 61; Familienarchiv S. Heere: S. 48 u. r., 53 u.; Privatarchiv L. Köllner: S. 50; Privatarchiv J. Syllow: S. 54 o.; Privatarchiv M. Winnubst: S. 57 o. l.; Privatarchiv L. Stelz: S. 57 o. r.

1. Auflage 2019

Gestaltung und Satz: r2 | Ravenstein, Verden
Druck: Druck- und Verlagshaus Thiele & Schwarz GmbH, Kassel
Buchbinderische Verarbeitung: Buchbinderei S. R. Büge, Celle

34281 Gudensberg-Gleichen • Im Wiesental 1
Telefon: 056 03/9 30 50 • www.wartberg-verlag.de
ISBN: 978-3-8313-3102-4

Liebe 2002er!

Unser Geburtsjahr 2002 ist nicht nur deshalb ein besonderes, weil es sich sowohl vorwärts als auch rückwärts richtig lesen lässt und weil es die Geburtsstunde des Euro war. Nein, es sollte auch ein sehr aufregendes und spannendes werden – für uns selber, die wir in die Welt traten, und natürlich für unsere Eltern, denn schließlich hatten Sie ja nun uns! So hielten wir sie zunächst brabbelnd, schreiend und krabbelnd auf Trab. Als Kleinkinder liebten wir die vielen Spielangebote im Kindergarten. Als Grundschulkinder fuhren wir mit Rädern, Inlinern, Skateboards oder Einrädern ums Haus, schrieben in Freundebücher, hörten CDs und schauten unsere Lieblingssendungen im Fernsehen. Doch kaum hatten wir den Ranzen gegen einen Rucksack ausgetauscht, verschickten wir lieber WhatsApps und Snaps, streamten Musik und Filme auf unseren Smartphones, waren in den sozialen Netzwerken unterwegs, entdeckten neue Trends und folgten YouTubern und Instagram-Stars. Wir sind eben einer der ersten Jahrgänge, die ganz selbstverständlich mit den hochentwickelten technischen Geräten, den neuen Medien und den sozialen Netzwerken aufwuchsen und sich ein Leben ohne all dies gar nicht mehr vorstellen können.

Während wir dieses Buch schrieben, hatten wir viel Spaß, uns an frühere Momente zu erinnern, unsere Kindheit und die letzten Jahre noch einmal wie einen Film abspielen zu lassen. Schon fast vergessene Augenblicke und Erlebnisse – lustige und peinliche, tolle und nicht so schöne – poppten beim Schreiben und Suchen in Fotoalben oder digitalen Ordnern wieder auf. Wir hoffen, dass ihr mit diesem Buch genauso viel Freude habt und euch eure eigenen Geschichten wieder einfallen. Denn am schönsten sind doch immer die ganz persönlichen Erinnerungen!

Paula Rienäcker   Rieke Rienäcker

Wir sind die Neuen

Viele süße kleine 2002er.

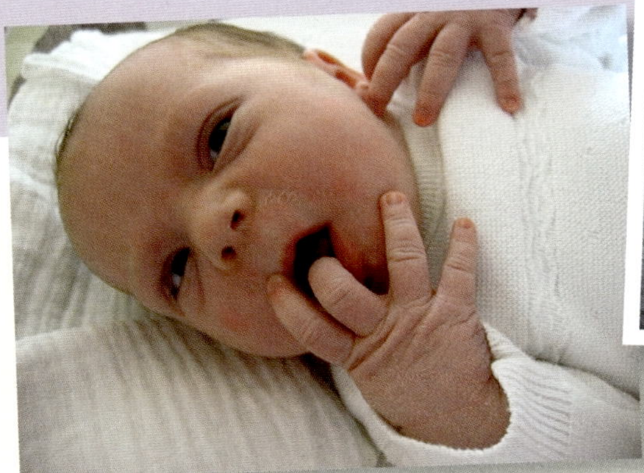

Vieles neu im Jahr 2002!

2002: Das Jahr, das das Leben unserer Eltern komplett auf den Kopf stellen sollte. 719 250 Babys erblickten in Deutschland mit uns das Licht der Welt und starteten in ihr wundervolles Leben.

Chronik

1. Januar 2002
Der Euro löst als neues Zahlungsmittel die Nationalwährungen in zwölf europäischen Ländern ab.

26. April 2002
Bei einem Amoklauf an einem Erfurter Gymnasium erschießt ein Jugendlicher 16 Schulkameraden und sich selbst.

23. Oktober 2002
Bei einer Geiselnahme in einem Moskauer Theater geraten 800 Kinder und Erwachsene in die Gewalt tschetschenischer Terroristen, 120 sterben bei der Befreiungsaktion.

9. November 2002
Mit der ersten Folge von „Deutschland sucht den Superstar" beginnt die Ära der Castingshows im deutschen Fernsehen.

August 2002
Extreme Regenfälle führen zu Hochwasser in Mitteleuropa. Besonders in Dresden und Sachsen richtet die Elbflut große Schäden an.

20. März 2003
Mit dem Einmarsch amerikanischer Truppen und einer „Koalition der Willigen" in den Irak beginnt der Dritte Golfkrieg, ein Präventivkrieg, der zum Sturz des irakischen Präsidenten Saddam Hussein führt.

August 2003
Eine Hitzewelle in Europa entwickelt sich zur Naturkatastrophe mit Tausenden Todesopfern, Waldbränden und ausgetrockneten Flüssen.

1. Februar 2003
Nach zweiwöchigem Flug explodiert das Space Shuttle Columbia beim Wiedereintritt in die Erdatmosphäre, alle sieben Besatzungsmitglieder sterben.

1. Mai 2004
Im Zuge der EU-Osterweiterung werden die Länder Estland, Lettland, Litauen, Malta, Polen, Slowakei, Slowenien, Tschechische Republik und Ungarn Mitglieder der Europäischen Union.

4. Februar 2004
Mark Zuckerberg gründet das soziale Netzwerk Facebook.

26. Dezember 2004
Ausgelöst durch ein Erdbeben fordert ein Tsunami an den Küsten des Indischen Ozeans rund 230 000 Todesopfer und macht über 1,7 Millionen Menschen obdachlos.

Und wir waren nicht die Einzigen, die 2002 durchstarteten, denn mit uns zusammen kam auch der Euro in den Umlauf und in die Geldbörsen vieler Europäer. Aber vor allem unsere Eltern mussten sich nun nicht nur mit der neuen Währung herumschlagen, sondern hatten eine viel größere Herausforderung: Uns! Das Drama fing schon damit an, dass sie sich zwischen schönen und modernen Namen wie Anna, Leonie, Lena oder Jan, Lukas und Ben entscheiden mussten. Dann hatten Sie die Qual der Wahl bei der Beschaffung der Babyausstattung, dem Kauf eines schönen, aber zugleich geländegängigen Kinderwagens, natürlich mit Luftbereifung, und der Auswahl der Babykleidung. Von der im Endeffekt natürlich viel zu viel angeschafft wurde – aber das hat uns ja noch nie gestört. Und das war es unseren Eltern anscheinend auch wert, denn kaum hatten wir unsere Äuglein geöffnet, starrten uns Augenpaare von überall an und wir wurden rund um die Uhr beturtelt, betätschelt und verwöhnt. Dazu wurden wir als süß, goldig und putzig betitelt und hatten selbst gar keine Ruhe mehr. Jeder wollte uns besuchen und uns kennenlernen, und jeder Besucher brachte natürlich kleine Geschenke mit. So kam es, dass wir endlos viele Schnullerketten, Bodys, Mützchen, Kuscheltiere und Babyspielsachen besaßen und unsere Eltern schon gar nicht mehr wussten, wohin damit.

Mit uns kam der Euro

Nicht nur wir erblicken 2002 das Licht der Welt, auch der Euro hatte in diesem Jahr seine Geburtsstunde. Am 1. Januar 2002 löste die gemeinsame europäische Währung als Bargeld die Nationalwährungen – wie die D-Mark in Deutschland, den Franc in Frankreich, die Lira in Italien und den Schilling in Österreich – in zwölf Mitgliedsstaaten der Europäischen Union ab. Damit wuchs die EU wirtschaftlich zusammen, der innereuropäische Handel wurde vereinfacht und für Reisende entfiel das lästige Umtauschen und Umrechnen.

Doch die Deutschen weinten schon bald ihrer D-Mark hinterher und fürchteten angesichts hoher Staatsschulden mancher EU-Länder um die Stabilität der neuen Währung. Der Begriff „Teuro" – übrigens Wort des Jahres 2002 – machte bald die Runde, denn durch Preisrundungen stiegen im Zuge der Währungsumstellung die Preise gefühlt an.

Wir bekamen auf jeden Fall gleich eines der neu ausgegebenen Starterkits in die Wiege gelegt. Darin waren 10,23 € in Euro- und Cent-Münzen enthalten, sein Gegenwert betrug genau 20,00 DM.

Schnuller und Kuscheltier konnten wahre Retter sein.

Schlafen, schreien, nuckeln

Natürlich konnten wir weder mit dem Euro-Starterkit noch mit dem ganzen Spielzeug, das wir zur Geburt bekamen, etwas anfangen, denn unser Alltag bestand zunächst nur darin, zu schlafen, zu trinken und einfach unglaublich süß dabei auszusehen. Doch so niedlich wir auch zu sein schienen, wir wollten manchmal einfach keine Ruhe geben. Hatten wir Hunger, war unsere Windel voll oder waren wir einfach nicht müde, ging unser Mund gar nicht mehr zu. Unsere Eltern fragten sich nur, was sie falsch machten. Aber zu einer klaren Lösung kamen sie nie, denn jeder Ratgeber, jedes Buch, jede Internetseite und jeder Mensch in ihrem Umfeld hatte eine andere Theorie, was gut fürs Baby sei und was nicht. Gab man seinem Kind nun einen Schnuller oder doch eher nicht? Und wenn ja, ab wann durfte man seinem Kind einen Schnuller geben und wie oft? War das Daumenlutschen besser als der Schnuller oder verformte sich dadurch das Gebiss? Sollte man dem Baby beim kleinsten Mucks was zu trinken geben oder es lieber mal ein bisschen schreien lassen? War Stillen besser als das Fläschchen? Die Entscheidungen mussten so oder so getroffen werden, wobei es manchen Eltern wahrscheinlich einfacher fiel als anderen, vor allem, wenn wir schon die Zweit- oder Drittgeborenen waren.

Auch wenn wir zunächst nicht mal laufen, sprechen oder überhaupt krabbeln konnten, erwachte unser Erkundungsgeist nach einer Zeit und nichts war mehr vor uns sicher. Alles musste begutachtet, betatscht und in den Mund genommen werden. Wir reckten und streckten uns in alle Richtungen und grapschten nach allem, was nicht niet- und nagelfest war, wobei nicht selten etwas zu Bruch ging.

Ein Bad im Tummy Tub – da konnte man nur staunen.

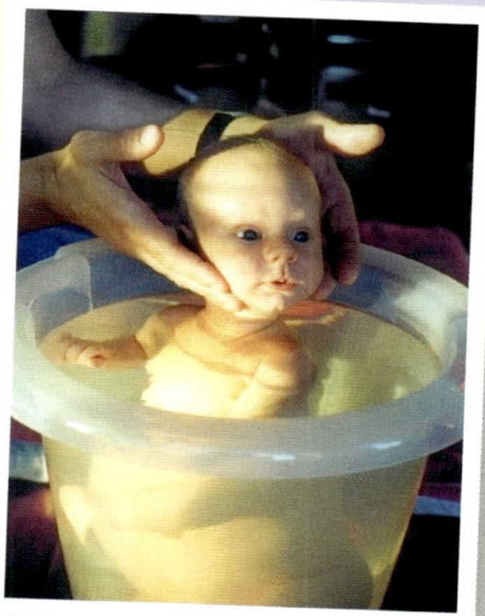

Das erste Mal

Im Leben eines Menschen gibt es viele erste Male: das erste Lächeln, der erste Brei, der erste Besuch im Kindergarten, die erste Übernachtung woanders, der erste Schultag oder auch der erste Freund beziehungsweise die erste Freundin. Doch für unsere Eltern waren die aufregendsten Momente ohne Frage wohl unsere ersten Schritte und unsere ersten richtigen Wörter. So fingen wir mit ein paar Monaten an, uns immer wieder voller Freude und Anstrengung auf den Bauch zu drehen. Doch das reichte uns noch lange nicht, wir wollten mehr und suchten uns ständig neue Möglichkeiten, die Welt zu erkunden. Bald gelang es uns, von einem Ort zum anderen zu robben, was anfänglich eher anstrengend als spaßig war. Dennoch war Aufgeben keine Option für uns, langsam, aber effektiv entwickelte sich aus dem mühseligen Robben ein flinkes Krabbeln und daraus wiederum der Versuch zu laufen. Immer wieder klammerten wir uns an einem Stuhl oder einer Bank fest und zogen uns angestrengt nach oben. Unsere ersten Gehversuche machten wir schließlich, indem wir uns irgendwo festhielten und entlanghangelten oder ein Wägelchen bzw. einen Hocker vor uns herschoben. Ein ums andere Mal versuchten wir einen Schritt freihändig zu machen, doch der endete meist mit einem Plumps auf den Po. Irgendwann, wenn auch etwas wackelig, schafften wir die ersten Schritte ohne Hilfe und Stütze. Natürlich war das sowohl für uns

Erst stärken, ...

dann krabbeln, ...

als auch für unsere Eltern unglaublich aufregend. Von dem Moment an hörten wir gar nicht mehr auf zu laufen, und auch wenn wir anfangs nur zwei Schritte schafften, dauerte es nicht mehr lange, bis wir einen ganzen Raum durchqueren konnten. Und von nun an waren wir nicht mehr zu stoppen und unsere Eltern hatten alle Hände voll zu tun, auf uns aufzupassen und den Weg freizuräumen. Denn wir liefen in alle Richtungen davon und kletterten jede Treppe hoch, die in der Nähe war. Auch wenn wir noch oft hinfielen, ließen wir uns nicht unterkriegen und standen immer wieder auf.

Allerdings war das noch nicht alles, denn zeitgleich passierten auch andere aufregende Dinge. Unsere ersten Worte! Zuerst war es nur ein unverständliches Brabbeln, bei dem unsere Eltern vergeblich darauf warteten, ein Wort herauszuhören. Unendliche Male wurden uns Wörter wie Mama oder Papa vorgesagt, in der Hoffnung, dass wir sie nachsprechen würden. Dann endlich, nach unzähligen Versuchen brachten wir unser erstes Wort heraus. Ganz individuell war das Erste, was wir über die Lippen brachten, obwohl es bei den meisten wahrscheinlich so was wie „Mamamamamam“ (also Mama) oder „Papapapapap“ (also Papa) war. Nach und nach kamen dann immer mehr Worte hinzu, sodass wir schon nach kurzer Zeit, wenn auch etwas umständlich, artikulieren konnten, was wir wollten. Irgendwann mit ein, zwei Jahren waren wir sogar imstande, unseren ersten Zweiwort-Satz zu sprechen.

... dann loslaufen!

Noch mehr 2002er

Rio Mangini

5. Feb. **David Cleveland** ist ein US-amerikanischer Schauspieler, der neben Auftritten in Serien wie „Criminal Minds", „Hannah Montana" und „Meine Schwester Charlie" durch die US-Fernsehserie „Shake it up – Tanzen ist alles" als Flynn Jones bekannt wurde.

17. Juni **Lisa und Lena**, Zwillingsschwestern aus Stuttgart, sind Internetstars, die mit ihren Tanzvideos und Perfomances auf musical.ly durchstarteten und sich auf Instagram vor Followern kaum retten können.

19. Sept. **Jason Patrick** und **Kristopher Robert Simmons** sind ein US-amerikanisches Zwillingsbruderpaar, das durch die Erfolgsserie „Charmed – Zauberhafte Hexen" als Wyatt Matthew bekannt wurde. Die Brüder stehen zusammen und getrennt vor der Kamera.

30. Sept. **Maddie Ziegler** ist eine US-amerikanische Tänzerin, die ab dem Alter von neun Jahren (Tanz-)Rollen in vielen TV-Produktionen hatte und durch ihre Solo-Tanzperformances im Musikvideo zum Hit „Chandelier" von Sia berühmt wurde. Seither tritt sie für viele Künstler auf.

6. Okt. **Rio Mangini** ist ein US-amerikanischer Pianist und Schauspieler. Das Wunderkind spielte schon mit neun Jahren in der Carnegie Hall und erhielt den Young Artist Award 2012. Weitere Auszeichnungen folgten. Auch als Schauspieler machte er sich einen Namen und gewann mehrere Preise.

26. Okt. **Emma Schweiger** ist eine deutsch-amerikanische Schauspielerin, die über ihren Vater Til Schweiger zum Film kam. Ihr Debut hatte die damals Fünfjährige in dem Kinostreifen „Keinohrhasen". Ihre erste große Hauptrolle spielte sie in „Kokowääh" und überzeugte später in „Honig im Kopf". In der Filmreihe „Conni & Co." spielt sie die Hauptfigur Conni.

30. Okt. **Lilly Liefers** ist eine deutsche Nachwuchsschauspielerin. Sie tritt damit als Tochter des Schauspielerpaares Anna Loos und Jan-Josef Liefers in die Fußstapfen ihrer Eltern. Unter anderem stand sie im Kinofilm „Honig im Kopf" vor der Kamera.

Lisa und Lena

Volle Terminkalender

Das Babyleben stellt man sich immer so einfach vor: den ganzen Tag nichts tun und betüddelt werden. Aber unsere Eltern hatten da andere Pläne. Unser Terminkalender war von oben bis unten vollgepackt. Ob Babyschwimmen, Krabbelgruppe, gemeinsames Singen oder Treffen für frischgebackene Eltern, um sich auszutauschen – wir hatten kaum noch Zeit, um unser Wohnzimmer zu erkunden oder eine für uns gerade erreichbare Schublade auszuräumen.

Doch nach kurzer Zeit fanden wir Gefallen daran, im Wasser zu planschen und uns mit Gleichaltrigen brabbelnd zu „unterhalten". Und kaum, dass wir uns versahen, hatten sich unsere Eltern mit den neuen Bekannten aus dem Schwimmkurs verabredet, natürlich wurden wir zu den Treffen mitgenommen. So entstanden vielleicht schon unsere ersten Freundschaften, von denen möglicherweise manche bis heute bestehen. Während also unsere Mütter oder Väter uns beobachteten und sich dabei unterhielten, tollten wir durch die Gegend. Was hätten wir ohne diese „Frühförderprogramme" sonst nur gemacht?

Aber natürlich gab es auch Tage, an denen unsere Eltern auch mal Termine ohne uns wahrzunehmen hatten. Und irgendwo mussten wir bleiben, wenn sie zur Arbeit gingen oder Besorgungen zu machen hatten: ob in der Kinderkrippe, bei der Tagesmutter oder bei den Großeltern.

Wir waren für jeden Spaß zu haben.

Anfangs fanden wir das gar nicht gut und begutachteten unsere stunden- oder tageweise neue Umgebung äußerst skeptisch. Wir waren uns nicht sicher, ob es uns da gefallen sollte und taten dies mitunter auch mit lautem Gebrüll kund. Doch nach einiger Zeit hatten wir uns gut eingelebt und wollten gar nicht mehr aufhören, mit den anderen Kindern, unseren Großeltern, dem Babysitter oder der Tagesmutter zu spielen. Und wenn Mama oder Papa uns nach ein paar Stunden abholen kam, quittierten wir das manchmal mit genauso lautem Geschrei wie noch den Abschied von ihnen zuvor.

Wann gibt's Essen?

Facebook machte den Anfang

Während wir grade dabei waren, unser soziales Netzwerk in der Krabbelgruppe aufzubauen, gründete 2004 der US-amerikanische Studienabbrecher Mark Zuckerberg das soziale Netzwerk Facebook. Zwar war Facebook nicht das erste soziale Netzwerk, aber es gilt dennoch als die Mutter aller Social Media Plattformen. Ist es doch jenes, dessen Anzahl an Usern am schnellsten anwuchs und das heute das meistgenutzte weltweit ist mit über 2,4 Milliarden Nutzern (Stand 2019).

Ursprünglich war Facebook ein Netzwerk für Studenten der Harvard University. Seinem Vorläufer, der Website facemash.com, lag keine ruhmreiche Idee zugrunde: Darauf sollten Studenten der Harvard University über das Aussehen ihrer Kommilitoninnen abstimmen.

Nach massiven Protesten wurde die Seite schnell wieder abgeschaltet. Facebook hingegen diente zunächst Studenten in Harvard, bald auch in anderen amerikanischen Universitäten und ab 2006 Nutzern auf der ganzen Welt als Plattform für den gegenseitigen Austausch.

Aufgrund seiner laxen Datenschutzpraktiken, der Einflussnahme in der öffentlichen Meinungsbildung durch Verbreitung von Falschmeldungen bis hin zur Wahlbeeinflussung und der Verbreitung von Hass-Postings steht Facebook immer stärker in der Kritik.

Doch ob Facebook, Instagram, YouTube, Whatsapp, Snapchat, Pinterest, Twitter und Co., wir können uns ein Leben ohne Social Media kaum vorstellen. Wie sollten wir auch sonst mit so vielen Leuten gleichzeitig im Kontakt stehen, Neuigkeiten austauschen, Trends entdecken, Nachrichten erfahren, für die Schule oder das Leben lernen …?

Von dicken **Freundschaften, Seepferdchen** und Eisbären

Nach der Faschingsfeier
zur Entspannung malen.

Ein (H)Ort für kleine Leute

Mit ca. drei Jahren waren wir alt genug, um in den Kindergarten zu gehen. Ausgestattet mit einem supertollen neuen Rucksack machten wir uns aufgeregt auf den Weg in die Kita, die wir die nächsten drei Jahre besuchen sollten. Festgeklammert an der Hand unserer Mütter oder Väter traten wir in diesen Ort für kleine Leute ein, der uns zuvor so schmackhaft gemacht worden war, und … wollten am liebsten direkt

Chronik

Februar 2005
Die Zahl der Arbeitslosen steigt auf über fünf Millionen (12,6 %), das ist der höchste Stand seit 1933.

14. Februar 2005
Das Videoportal YouTube wird gegründet.

22. November 2005
Als erste Frau in Deutschland übernimmt Angela Merkel (CDU) das Amt der Bundeskanzlerin.

19. April 2005
Erstmals seit 1523 bekleidet ein Deutscher das Amt des Papstes: Kardinal Ratzinger wird als Benedikt XVI. Oberhaupt der römisch-katholischen Kirche.

23. August 2006
Der 18-jährigen Natascha Kampusch aus Wien gelingt nach achtjähriger Gefangenschaft in einem Kellerverlies die Flucht vor ihrem Entführer und Peiniger, der sich daraufhin das Leben nimmt.

9. Oktober 2006
Nordkorea führt nach eigenen Angaben erfolgreich Tests der eigenen Atombombe durch. Daraufhin verhängt die internationale Gemeinschaft Sanktionen gegen das Land.

8. Dezember 2006
Nintendo bringt die erste Wii-Konsole auf den Markt.

4. Juli 2006
Bei der in Deutschland ausgetragenen Fußballweltmeisterschaft belegt die deutsche Nationalelf den dritten Platz. Italien wird Weltmeister.

2. August 2006
Fidel Castro gibt nach 30 Jahren sein Amt als Präsident der Republik Kuba aus gesundheitlichen Gründen an senen Bruder Raúl ab.

9. Januar 2007
Die Firma Apple stellt das erste iPhone vor.

6. Mai 2007
Der konservative Nicolas Sarkozy (UMP) wird zum französischen Staatspräsidenten gewählt. Er bekleidet das Amt bis 2012.

1. September 2007
In Deutschland gilt das Rauchverbot in öffentlichen Einrichtungen, im öffentlichen Personennahverkehr und in Gaststätten.

Kindergartenausflug:
So konnte niemand verloren gehen.

wieder umkehren. Alles war so neu und anders und dann sollten wir da auch noch alleine, ohne unsere Eltern bleiben? Niemals! Nach lautem Geschrei unsererseits und langem Auf-uns-Einreden durch unsere Eltern beruhigten wir uns endlich und willigten ein, wenigstens für kurze Zeit zu bleiben. Eingeschüchtert von den anderen Kindern und an der Hand einer Erzieherin liefen wir durch den ganzen Kindergarten und schauten uns alles an. Es gab so viele Sachen, die man machen konnte: mit Bauklötzen bauen, malen oder basteln, Gesellschaftsspiele spielen, draußen auf dem Klettergerüst turnen oder einfach nur herumtoben. Fasziniert von dem Spielangebot, gefiel uns der Kindergarten immer mehr und wir gewöhnten uns langsam ein. Im Laufe des Tages lernten wir auch Kinder kennen und schlossen sogar schon erste Freundschaften. Doch so angsteinflößend der Kindergarten anfangs auch zu sein schien, wenn Mama oder Papa uns schließlich abholen kamen, wollten wir gar nicht mehr weg und wären am liebsten noch länger geblieben. Nach ein paar Wochen hatten wir uns so gut an den Kindergarten gewöhnt, dass er sich schon wie unser zweites Zuhause anfühlte.

Die größten Highlights waren natürlich die Ausflüge und Wandertage. Ob auf den Abenteuerspielplatz, in den Wald oder ins Theater, wir fanden alles aufregend und unsere Erzieherinnen hatte alle Hände voll zu tun, uns beisammenzuhalten und alle Kinder inklusive ihrer Rucksäcke wieder zum Kindergarten zurückzubringen. Wie sie das bloß immer geschafft haben?!

Mutti Merkel – die erste Bundeskanzlerin

Mit unseren drei Jahren nahmen wir die Welt um uns herum immer stärker wahr, schließlich gingen wir jetzt schon in den Kindergarten und lernten täglich viele neue Dinge und Namen kennen. Ein Name sollte sich uns bald tief einprägen: Angela Merkel, erste deutsche Bundeskanzlerin. Sie würde uns als Kanzlerin durch unsere gesamte Kindheit und Jugend begleiten.

Im September 2005 fanden in Deutschland vorgezogene Bundestagswahlen statt. Die CDU/CSU löste die SPD als stärkste Fraktion ab und der bisherige Kanzler Gerhard Schröder musste seinen Posten für die CDU-Kandidatin Angela Merkel räumen. Sie war nicht nur die erste weibliche Regierungschefin, sondern auch die erste aus Ostdeutschland in dieser Funktion. Nicht umsonst wurde „Bundeskanzlerin" das Wort des Jahres 2005!

Mit 51 Jahren übernahm die promovierte Physikerin, die aus einer ostdeutschen Pastorenfamilie stammte, das höchste Amt im deutschen Bundestag. Sie regierte vier Legislaturperioden.

Ihr Markenzeichen: die „Merkel-Raute".

Zu den wichtigsten Themen ihrer Amtszeit zählen die internationale Finanzkrise, die NSA-Affäre, der Ukraine-Konflikt, die Euro- bzw. Griechenlandkrise, der Atomausstieg, die Flüchtlingskrise und der wirtschaftliche Aufschwung in Deutschland.

Unser erstes Abzeichen: das Seepferdchen

Seitdem wir ganz klein waren, gehörten regelmäßige Familienausflüge auf den Spielplatz oder ins Schwimmbad zu einem ganz normalen Wochenende. Genau aus dem Grund beschlossen unsere Eltern, dass es nun an der Zeit sei, einen Schwimmkurs zu besuchen. Doch wir waren erst mal skeptisch und mussten mit allen Überredungskünsten von dieser neuen Aktivität überzeugt werden. Nachdem unsere Eltern uns bei der Kursleitung abgegeben und sich aus dem Staub gemacht hatten und wir den sprichwörtlichen Sprung ins kalte Wasser überwunden hatten, fingen wir an, Gefallen am Herumplanschen und Schwimmen mit großen Schaumstoffnudeln, Schwimmflügeln oder Schwimmgürteln zu finden. Wenn unsere Eltern uns nach einer Stunde abholen wollten, waren wir gar nicht mehr aus dem Wasser zu bekommen. Nach endlos vielen Schwimmstunden mal mit, mal ohne Schwimmhilfe war es so weit und die Prüfung für das Seepferdchen stand bevor. Das bedeutete: vom Rand springen, 25 Meter ohne Pause schwimmen und einen Ring aus dem standtiefen Wasser heraufholen. Wenn es nach großen Anstrengungen und vielem Chlorwasserschlucken geschafft war, bekamen wir unser lang ersehntes Abzeichen überreicht. Zu Hause wurde es allen gezeigt und natürlich wurden auch Oma und Opa angerufen, die mächtig stolz waren. Danach musste es sofort auf den Badeanzug oder die Badehose genäht werden, damit wir es im Schwimmbad stolz präsentieren konnten.

Augen und Mund zu,
damit kein Wasser reinkommt.

Radfahren will geübt sein

Hüpfen, klettern und rennen, das konnten wir ja alles längst. Also musste was Neues ausprobiert werden, was mit Rollen und Rädern, so wie wir es von den größeren Kindern kannten. Dreirad und Bobbycar hatten wir schon hinter uns, dafür waren unsere Beine nun zu lang. Wir wollten also das Radfahren lernen. Angefangen haben wir meistens mit dem Roller, um dann aufs Laufrad umzusteigen. Das bekamen wir schnell hin und düsten auf jedem Spaziergang mit unserem Laufrädchen durch die Gegend und unseren Eltern davon.

Nach einiger Zeit wurde uns das langweilig und wir wollten endlich auf einem richtigen Fahrrad fahren! Zum Geburtstag, zu Ostern oder zu Weihnachten bekamen wir unser erstes Fahrrad geschenkt oder wir übernahmen es, wenn wir ältere Geschwister hatten, von ihnen. Ein Fahrradhelm durfte natürlich nicht fehlen und sicherheitshalber gab es noch die Stützräder. Mit den Stützrädern hat es zunächst ganz gut geklappt, da konnten wir auch mal ein bisschen schneller und mutiger sein. Als das perfekt funktionierte, wurden sie abmontiert. Anfangs konnten wir kaum zwei Meter fahren und schon fielen wir um. Doch trotz der vielen Schrammen und verzweifelten Heulattacken haben wir es nach Hunderten Versuchen endlich geschafft und konnten schon etwas längere Strecken in die Pedale treten. Doch kaum fühlten wir uns zu sicher, fielen wir auch schon wieder hin. Trotz alledem haben wir nicht

Das Laufrad – eine gute Übung fürs Radfahren.

Helm auf und los geht's.

Die Fahrradgang ist unterwegs.

aufgegeben und nach sehr langem Üben hatten wir endlich den Dreh mit dem Gleichgewicht raus und fuhren sicher durch die Gegend. Wir waren die stolzesten Kinder überhaupt. Von nun an radelten wir auf Fahrradtouren mit Familie und Freunden selber und saßen nicht mehr im Anhänger oder Kindersitz. Und wenn es mal zu anstrengend wurde mit unseren kleinen Rädern, gab es ja noch diese praktischen Tandemstangen (Trailer), mit denen unser kleiner Drahtesel an das Rad von Papa oder Mama angedockt werden konnte. Dann durften wir unsere müden Beine auch mal ausruhen.

Auf der Fanmeile

Auch wenn wir grade einmal vier Jahre alt waren, so ist die Fußballweltmeisterschaft 2006 sicherlich eines der ersten großen Ereignisse, die uns in Erinnerung geblieben sind. Denn die euphorische Stimmung und die vielen schwarz-rot-goldenen Fahnen zogen uns alle in ihren Bann.

Die 18. WM wurde unter dem Motto „Die Welt zu Gast bei Freunden" vom 9. Juni bis 9. Juli 2006 zum zweiten Mal – nach 1974 – in Deutschland ausgetragen und ging als „Sommermärchen" in die deutsche Geschichte ein. Millionen begeisterter Fans sahen die Spiele in ausverkauften Stadien oder bei unzähligen Public Viewings. Fanmeilen entstanden, Autocorsos zogen nach jedem Spiel durch die Straßen der Städte. Und die deutsche Elf spielte sich offensiv und unerwartet von der Vorrunde ins Achtelfinale, dann ins Viertelfinale, wo sie den Favoriten Argentinien nach Verlängerung und Elfmeterschießen aus dem Turnier kickte, bis ins Habfinale, wo sie jedoch von Italien ausgebremst wurde. Am Ende holte Italien den Pokal im Finale gegen Frankreich und die Deutschen gewannen den umjubelten dritten Platz. Seitdem werden Fußballwelt- und -europameisterschaften hierzulande zelebriert und wir sind immer mittendrin.

Spannung pur beim Public Viewing.

Dicke Freunde!

Dicke Freundschaften

Wenn man heute jemanden kennenlernt, sei es beim Sport, in der Schule oder durch Freunde, den man sympathisch findet, ist das Ganze meist komplizierter, als man denkt. Man macht sich Gedanken, was der andere über einen denken könnte, versucht eine Gemeinsamkeit zu finden und unbedingt einen guten Eindruck zu machen. Dann kommt auch noch die Frage auf, ab wann genau man befreundet oder ob man doch „nur bekannt" ist.

Wenn man mal zurückblickt, war das Schließen von Freundschaften als Kind deutlich einfacher. Egal, ob man sich im Sandkasten dieselbe Schaufel teilte, zusammen „Vater, Mutter, Kind" spielte oder gemeinsam einem Ball hinterherrannte, sofort hatte man einen neuen besten Freund oder eine neue beste Freundin gefunden, mit dem/der man von nun an durch den ganzen Kindergarten rannte. Sobald der Kindergarten vorbei war, fragte man seine Eltern, ob man sich später zum Spielen treffen dürfe. Ohne groß nachzudenken, verabredete man sich.

Nach einigen Verabredungen beschlossen wir schließlich beieinander zu übernachten. Und das war das Größte überhaupt! Und so kam es, dass wir das erste Mal alleine bei einer anderen Familie übernachteten. Wir waren unglaublich aufgeregt! Anfangs verlief noch alles super, wir hatten Spaß und alles war wie immer. Doch als es später wurde, überkam so manchen schon das Heimweh, es fehlte die vertraute Umgebung und wir wollten lieber nach Hause. Also wurden wir spätabends – bereits im Schlafanzug – noch abgeholt. Wenn wir aber dablieben und alles gut klappte, wollten wir auf keinen Fall schlafen gehen. Lieber wollten wir die ganze Nacht weiterspielen. Irgendwann mussten wir natürlich doch ins Bett, wo wir dann allerdings noch lange weiter tuschelten und kicherten, denn zum Schlafen waren wir ja viel zu aufgeregt. Und lange hielt die Nachtruhe natürlich nie an, denn erst schliefen wir spät ein und dann wachten wir vor Aufregung sehr sehr früh auf und waren direkt fit genug, um die Spiele vom Vorabend fortzusetzen.

Als Kinder machten wir uns auch wenig Gedanken um Streit und Drama, der schlimmste Streit, der entstehen konnte, war der, wer nun Vater und wer Mutter war. Nicht selten entstand aus einer guten Freundschaft die erste kleine Romanze. Jede und jeder hatte diesen einen Freund oder diese eine Freundin, den oder die man später unbedingt mal heiraten wollte. Ob das auch so kommen sollte?

Übernachtungsparty!

Viele schöne bunte Spielsachen

Spielzeuge, Spielzeuge und noch mehr Spielzeuge, für uns ein sehr wichtiges Thema. Von Puppen über Lego und Playmobil zu Bauklötzen und kleinen Einkaufsläden. Es gab nichts Schöneres, als wenn Mama oder Papa aus der Stadt den neuen Legokatalog mitbrachten. Regelmäßig blätterten wir den durch und kreuzten unsere Favoriten an. Und so bettelten wir, was das Zeug hielt, um neue Spielsachen. Auch wenn die Antwort sowieso meistens „Nein“ lautete oder „Kannst du dir ja zum Geburtstag wünschen“.

Wie viel PS hat der?

Pferde, Pferde, Pferde …

Ins Spiel versunken.

Sobald wir viele Spielsachen um uns herum hatten, waren wir glücklich. Doch wehe, wir sollten unser Lieblingsspielzeug einmal kurz abgeben, um jemand anderes damit spielen zu lassen. Abgeben kam für uns gar nicht infrage, wohin sollte das denn führen? Andererseits konnten wir selber nicht widerstehen, uns regelmäßig etwas von anderen Kindern auszuleihen. Die anderen hatten einfach die cooleren, schöneren und besseren Spielzeuge, die wir am liebsten auch direkt behalten hätten. Generell war das ein sehr großes Problem, denn wir hatten irgendwie nie genug. Überall sahen wir spannendere Sachen; was wir nicht besaßen, wollten wir erst recht haben. Auch auf die Wunschliste für den Weihnachtsmann kamen Unmengen an Spielsachen, ob einfach nur ein Fußball oder die neuen Tiere von Schleich, die Liste war voll von Dingen die wir unbedingt zu brauchen meinten. Mit der Zeit wurden unsere Kinderzimmer immer voller und so kam es, dass öfters Dinge, die wir uns mal sehnlich gewünscht hatten, unbeachtet in der Ecke rumlagen. Aber natürlich waren wir nicht immer so geringschätzig. Manchmal konnten wir uns auch stundenlang an einem kleinen Gummiball erfreuen, er wurde geworfen, geschossen oder einfach nur auf dem Boden herumgerollt. Auch mit einer einfachen Schaufel konnten wir einen ganzen Nachmittag im Sandkasten verbringen.

Das erste Keyboard.

Eisbär Knut und der Klimawandel

Wie erinnern uns sicherlich alle noch an den kleinen Eisbären Knut, der im Jahr 2007 im Berliner Zoo das Licht der Welt erblickte und als Kuscheltier in viele unserer Kinderzimmer und Kinderherzen einzog. Doch Knut war nicht nur niedlich, er stand auch symbolisch für den Klimawandel, denn seine Art war durch die Erderwärmung und das Schmelzen der Pole vom Aussterben bedroht. So war der vom Menschen verursachte Klimawandel eines der beherrschenden Themen im Jahr 2007 – und „Klimakatastrophe" bezeichnenderweise das Wort des Jahres. Die steigenden Temperaturen und zunehmenden Unwetter zeigten sich in diesem Jahr so deutlich wie nie zuvor: Im Januar fegte Orkan Kyrill über Europa hinweg und richtete enorme Schäden in Wäldern und Städten an. Während der Winter einer der wärmsten seit der Wetteraufzeichnung war, folgte ein Frühling mit Rekordtemperaturen in Mitteleuropa einerseits und Überschwemmungen und Tiefsttemperaturen im Mittelmeerraum andererseits. Im Sommer erlebten wir schwere Unwetter mit anschließender Hitzewelle und Temperaturen von über 40 Grad in unseren Breiten.

Der Bericht des IPCP (Intergovernmental Panel on Climate Change), ein Ausschuss für Klimawandel der Vereinten Nationen, ließ keinen Zweifel mehr am Klimawandel, der Erderwärmung und dem Anstieg des Meeresspiegels, dessen Ursache die zu hohe Konzentration von Treibhausgasen in der Erdatmosphäre ist. Folgen sind Wetterextreme wie Hitzewellen, Starkregen, Stürme, Trockenphasen, die wir längst zu spüren bekommen.

Gibt's hier Eisbären?

Alle Hände fliegen hoch.

Mh – Waffeln mit Sahne.

Das schönste im Jahr: Geburtstage …

Feste und vor allem Geburtstage waren schon immer eine große Sache für uns. Bereits Tage vor dem Ereignis wurde darüber gerätselt, was der Tag für Überraschungen mit sich bringen und welche Geschenke man wohl dieses Jahr bekommen würde. Und die Aufregung stieg von Tag zu Tag. Doch bis die große Feier endlich anstand, musste noch eine Menge erledigt werden. Zu unserem Glück waren wir noch viel zu jung, um uns selbst Gedanken über unsere Geburtstagspartys machen zu müssen. Unsere einzige Aufgabe bestand darin, die Gästeliste zusammenzustellen – aber bitte nicht zu viele! – und zwischen Aktivitäten wie einer Verkleidungsparty, einem Nachmittag auf dem Fußballplatz oder einer klassischen Schnitzeljagd bzw. Schatzsuche zu wählen. Letzteres war meistens die beliebteste Variante, also mussten unsere Eltern sich eine Route überlegen und diese kennzeichnen.

Als unser großer Ehrentag dann endlich gekommen war und alle unsere Freunde eingetroffen waren, wurden erst einmal die Geschenke ausgepackt.

Was für ein Festessen!

Anschließend gab es Kuchen und eine Menge Süßigkeiten. Wenn wir alle gestärkt waren, machten wir uns auf die Suche nach dem großen Schatz. Dazu mussten wir den Kreidepfeilen oder Hinweisen, die unsere Eltern verteilt hatten, folgen. Das Ganze war sehr spannend und aufregend und jeder wollte der Erste sein, der den nächsten Hinweis entdeckte. Waren wir endlich an unserem Ziel angekommen und hatten die Schatzkiste gefunden, gebührte natürlich dem Geburtstagskind die Ehre, die Kiste zu öffnen. Wir konnten nicht glücklicher sein, als in dem Moment, in dem wir die ganzen tollen Dinge darin erblickten. Mit Süßigkeiten und kleinen Spielzeugen bepackt ging es wieder zurück nach Hause. Und während sich unsere Eltern um das Abendessen kümmerten, tobten wir aufgedreht oder auch etwas überdreht durch die Wohnung. Doch so ein aufregender Tag machte uns alle super hungrig. Wenn dann Pizza, Hotdogs, Burger oder Pommes auf dem Tisch standen, wurde reingehauen. Schließlich trafen die ersten Eltern ein, um ihre vollgestopften, aufkratzten Kinder abzuholen. Zum Abschied bekam jedes Kind noch eine kleine Tüte, die z. B. mit einem Pixibuch, kleinen Spielzeugen oder Süßigkeiten gefüllt war.

Schatz gefunden!

Alle Eier gefunden!

… und andere Feste

Aber nicht nur der Geburtstag, sondern auch die anderen Festtage im Jahr, wie Nikolaus, Weihnachten oder Ostern fanden wir aufregend. Wir wachten früh am Morgen mit einem Kribbeln im Bauch und voller Erwartungen auf und wollten am liebsten direkt loslegen, in der Hoffnung noch den Osterhasen oder den Nikolaus zu sehen. Doch unsere Eltern hatten da andere Pläne. Sie schliefen unserer Meinung nach viel zu lang und ließen uns Ewigkeiten zappeln. Als es dann endlich an der Zeit war, rannten wir so schnell es ging in den Garten, um Ostereier und andere Geschenke zu suchen. Oder es wurde der Schuh, den wir am vorherigen Tag gründlich geputzt und vor die Tür gestellt hatten, auf seinen Inhalt kontrolliert.

Jedes Jahr aufs Neue freuten wir uns über die Süßigkeiten und das ein oder andere kleine Geschenk, obwohl unser Plan, einfach einen größeren Schuh für mehr Geschenke zu nehmen, nie aufging.

In der Weihnachtsbäckerei.

Der spannendste Tag im Jahr blieb jedoch Weihnachten. Tage oder sogar Wochen vorher fieberten wir auf das schöne Fest hin und überlegten uns ganz genau, was wir uns wünschen würden. Also schrieben wir freudig mithilfe unserer Eltern Briefe und Wunschzettel an den Weihnachtsmann oder das Christkind, in denen wir alles auflisteten oder -malten, was uns in den Kopf kam. Die ganze Weihnachtszeit war für uns so verzaubert. Angefangen vom Adventskalender, über das Plätzchenbacken, die Besuche auf dem Weihnachtsmarkt und die geheimnisvollen Bastelarbeiten, die wir im Kindergarten für unsere Eltern anfertigten. Unsere Aufregung stieg von Tag zu Tag.

Als es dann endlich so weit war und wir am Morgen des 24. Dezember aufwachten, war die Vorfreude riesig. Wenn es nach uns gegangen wäre, hätten wir sofort Geschenke auspacken können, doch wir hatten noch einen langen Tag vor uns. Zuerst wurde gemeinsam gefrühstückt, danach wurden die letzten Vorbereitungen getroffen und wenn es nicht bereits geschehen war, wurde der Tannenbaum geschmückt. Am späten Nachmittag ging es dann für manche von uns in die Kirche, um ein Krippenspiel anzusehen – vielleicht wirkten wir oder unsere Geschwister sogar dabei mit. Wieder zu Hause, dauerte es eine Ewigkeit, bis endlich jemand verkleidet als Weihnachtsmann die Geschenke brachte und wir sie auspacken durften. Es wurde viel gelacht, gesungen und gejubelt. Wenn auch manchmal das ein oder andere enttäuschte Gesicht wegen eines nicht ganz so gewünschten Geschenks dabei war, zog uns der weihnachtliche Zauber immer wieder in seinen Bann.

Genau das habe ich mir gewünscht!

Schule, Spiele, Sportverein

Stolze Erstklässler mit prall gefüllten Schultüten.

Große Aufregung vor der Einschulung

Schon Wochen oder sogar Monate freuten wir uns auf diesen einen Tag. Wir hatten es satt, in den Kindergarten zu gehen, wo wir zu den Ältesten gehörten, und wollten endlich in die Schule kommen, zu den Großen zählen und etwas lernen. An einem Sommertag war es so weit, unsere Einschulung stand auf

Chronik

15. September 2008
Durch die Zahlungsunfähigkeit des amerikanischen Finanzinstituts Lehman Brothers erreicht die weltweite Finanzkrise ihren Höhepunkt. Deutsche Banken werden durch staatliche Hilfen vor der Insolvenz bewahrt.

4. November 2008
Barack Obama wird als erster Afroamerikaner zum Präsidenten der USA gewählt.

24. Februar 2009
Der Instant-Messaging-Dienst „WhatsApp“ wird in Kalifornien gegründet.

April bis Dezember 2009
In Deutschland grassiert die Schweinegrippe, an der über 250 000 Menschen erkranken und 250 sterben.

12. Januar 2010
Ein Erdbeben in Haiti fordert über 300 000 Menschenleben.

27. Januar 2010
Das erste iPad kommt auf den Markt. Apple läutet damit das Zeitalter des Tablets ein.

23. April 2010
Griechenlands Premierminister Giorgos Papandreou bittet die Euro-Partner um Finanzhilfen, um eine Staatspleite abzuwenden. EU und IWF schnüren ein Rettungspaket, im Gegenzug muss Griechenland ein Spar- und Reformprogramm umsetzen.

24. Juni 2010
Die Love-Parade in Duisburg wird zur Katastrophe: Bei einer Massenpanik sterben 21 Menschen, über 500 werden verletzt. Danach findet in Deutschland keine Love-Parade mehr statt.

2. Mai 2011
US-Spezialtruppen töten Osama bin Laden, Anführer der terroristischen Vereinigung al Qaida.

22. Juli 2011
In Norwegen sterben bei einem rechtsradikalen Anschlag auf Regierungsbeamte und ein Feriencamp 77 Menschen, vor allem Jugendliche.

11. März 2011
In Japan verlieren durch ein Seebeben über 15 000 Menschen ihr Leben, in Fukushima werden durch den Tsunami Teile eines Atomkraftwerks zerstört, wodurch große Mengen atomarer Strahlung freigesetzt werden.

Lieber malen statt Hausaufgaben machen.

dem Programm! Alles war schon vorbereitet, als wir am frühen Morgen aufwachten. Bereit, mit unserer großen Schultüte, unserem bunten Schulranzen mit Dinos, Elfen, Rennautos oder Prinzessinnen darauf, den wir uns natürlich selbst ausgesucht hatten und stolz präsentierten, ging es los. In der Schule angekommen erwartete uns ein Chaos von sehr vielen aufgeregten Kindern, Eltern und Verwandten. Alle fanden sich in der Aula, der Schulsporthalle oder wo auch immer die Einschulung stattfand ein. Zunächst hielt der Direktor oder die Direktorin eine kleine Begrüßungsrede, danach führten die Viertklässler etwas vor. Doch so richtig konnten wir uns vor Aufregung gar nicht darauf konzentrieren. Als dann endlich unsere Namen aufgerufen und wir in die Klassen eingeteilt wurden, beäugten wir unsere neuen Klassenkameraden, mit denen wir die nächsten vier Jahre verbringen würden, neugierig. Manche kannten wir bereits aus dem Kindergarten, andere hatten wir noch nie zuvor gesehen. Im Gänsemarsch trippelten wir hinter unserer Lehrerin oder dem Lehrer her in den Klassenraum und unser erster Schultag konnte beginnen.

Natürlich gab es am Einschulungstag noch keinen richtigen Unterricht, sondern nur ein paar Spielchen zum Kennenlernen oder eine kleine Mal- oder Bastelaufgabe, und schon durften wir wieder raus auf den Pausenhof, wo unsere Eltern, Großeltern und Paten warteten. Anschließend wurde gemeinsam gegessen und gefeiert und wir durften uns endlich über unsere Schultüte hermachen. Da kamen natürlich ein paar Schulutensilien zutage, aber auch Süßigkeiten, kleine Spiele, vielleicht ein Glücksbringer oder Kuscheltier und wer Glück hatte bekam sogar einen Nintendo.

In den folgenden Tagen wurden wir in unsere neue Schule eingeführt, lernten das Gebäude mir den vielen Räumen, die Regeln und Abläufe und uns untereinander kennen. Sehr schnell gewöhnten wir uns an unseren neuen Alltag, schließlich waren wir neugierig und freuten uns über alles, was wir lernten. Zu unseren Fächern gehörten zum Beispiel Mathe (Rechnen), Deutsch (Lesen und Schreiben), Sachkunde, Religionsunterricht, Kunst und das wahrscheinlich beliebteste Fach: Sport. Auch unsere Lehrer schienen nett zu sein, das konnte sich allerdings ganz schnell ändern. Anfangs waren wir noch die süßen und lieben Kinder, doch kaum hatten wir uns eingewöhnt, fingen wir schon an Quatsch zu machen, herumzualbern und unseren Lehrkräften auf der Nase herumzutanzen. Unsere Hausaufgaben machten wir zu Beginn noch immer fleißig und wir freuten uns vielleicht sogar, wenn wir welche aufbekamen. Doch mit der Zeit verloren wir den Spaß daran – und dabei hatten wir noch so viele Schuljahre vor uns.

Wir sitzen alle in einem Boot,
uns bringt nichts auseinander!

Kleine Streitereien

Mit dem Eintritt ins Schulalter war nicht mehr alles Friede, Freude, Eierkuchen. Und auch mit unseren Freunden lief es nicht immer prickelnd. Oft fing es damit an, dass der beste Freund oder die beste Freundin auf einmal häufiger mit jemand anderem aus der Klasse abhing, zwei beste Freunde hatte oder es generell eine Dreiergruppe von Freunden gab. Alles lief darauf hinaus, dass eine Person ausgeschlossen wurde, denn zu dritt zu spielen war nach unserer Logik undenkbar. Eifersucht begann eine größere Rolle in unserem Leben zu spielen, mit der wir erst mal lernen mussten umzugehen.

Es gab noch andere Probleme, die uns Stress bereiteten. So konnte es hin und wieder zu Streitigkeiten kommen, bei denen man eine lange Zeit nicht mehr miteinander reden und spielen wollte. Das Schlimmste aber war, wenn sich innerhalb einer Freundesgruppe zwei Kinder stritten und man sich für eine Seite entscheiden sollte. Meistens lief es darauf hinaus, dass wir unsere Eltern, Lehrer oder Erzieher mit unseren Problemen vollheulten. Manchmal kam es zu einem Gespräch mit allen Beteiligten. In den meisten Fällen war der ganze Streit aber schnell geklärt, denn lange konnten wir uns nie böse sein, dazu war das gemeinsame Spielen einfach zu schön!

Schlammschlacht, aber nur zum Spaß.

Obama for president

Am 4. November 2008 gewann der 47-jährige Demokrat Barack Obama die amerikanischen Präsidentschaftswahlen und wurde damit erster schwarzer Staats- und Regierungschef der USA.

Mit seinen Wahlslogans „Change" und „Yes, we can" war er nicht nur für viele Amerikaner, sondern auch weltweit ein Hoffnungsträger. Er schrieb sich Themen wie die Beendigung des Kriegs im Irak, die Einführung einer gesetzlichen Krankenversicherung für alle US-Bürger und die Energiewende auf die Fahnen und wollte die Gräben innerhalb der US-Gesellschaft überwinden.

Obama bekam bereits in seinem ersten Amtsjahr, 2009, den Friedensnobelpreis für seine Bemühungen um den Dialog und die Zusammenarbeit zwischen den Völkern verliehen. Die Preisverleihung war jedoch umstritten und überraschte selbst seine Berater. Es war wohl eher Obamas Vision als sein politischer Erfolg, die das Nobelpreiskomitee zu seiner Wahl veranlasste.

So kuschelig, das Meerschweinchen!

Hund, Katze, Maus

Ob Kaninchen, Meerschweinchen, Wellensittich, Hund, Katze, Schildkröte oder Pferd, so gut wie jeder von uns wünschte sich ein Haustier zum Spielen oder Kuscheln. Leider waren unsere Eltern meistens weniger begeistert von der Idee, und zwar nicht, weil sie etwa eine Allergie hatten oder Tiere nicht ausstehen konnten. Nein, der Grund war einfach der, dass sie unsere Begeisterung eher als zeitlich begrenzt ansahen, denn wie auch bei Spielzeugen, konnten wir manchmal das Interesse an Dingen schnell wieder verlieren. Doch so leicht ließen wir uns von der Idee eines kleinen, flauschigen Spielkameraden nicht abbringen. Also bearbeiteten wir unsere Eltern tagtäglich mit unseren Kulleraugen und unserem süßesten Lächeln und versuchten sie davon zu überzeugen, dass uns die Sache wirklich am Herzen lag. Natürlich gab es Familien, in denen sich die Kinder gar keine große Mühe geben mussten, weil es bereits ein Haustier gab und den Eltern klar war, dass ihren Kindern die damit verbundenen Pflichten und Aufgaben nichts ausmachten. Manchmal konnte die Mama oder der Papa ihrem Kind diesen einen sehnlichen Wunsch einfach nicht abschlagen. Natürlich begann man erst mal mit einem kleinen, etwas pflegeleichteren Tier, wie beispielsweise einem Meerschweinchen oder Kaninchen. Wir konnten es kaum abwarten, mit dem neuen Familienmitglied zu spielen, doch natürlich mussten wir es etwas langsamer angehen, damit sich das Tier an das neue Zuhause gewöhnen konnte. In den ersten paar Wochen waren wir noch total begeistert und engagiert, reinigten freiwillig den Käfig, gingen Gassi und besorgten Futter. Mit der Zeit ließ die Motivation, den Stall auszumisten oder neues Futter einzukaufen, zwar etwas nach und unsere Eltern mussten uns ein wenig unter die Arme greifen, doch am Ende war uns all das unser tierisches Familienmitglied wert.

Äh, vielleicht doch lieber eine Katze?

Diejenigen Kinder, die kein Haustier hatten, besuchten immer gerne ihre Freunde mit Haustieren, weil man da ja die fehlende „Haustierzeit“ wieder ein bisschen ausgleichen konnte. Gefreut hat man sich natürlich riesig, wenn die Freunde in den Urlaub fuhren und man ein bis zwei Wochen lang auf das Haustier aufpassen, es füttern und damit spielen konnte, als wäre es das eigene.

Ob nun Basteln ...

oder Kickern – wir hatten Spaß dabei.

Spiele spielen

Als Kinder hatten wir es nicht gerade einfach: den ganzen Vormittag Schule und danach auch noch Hausaufgaben machen. Doch zum Glück wussten wir, wie wir unsere Freizeit richtig nutzen konnten. Spiele zu spielen war für uns schon Alltag, ganz egal, ob mit unseren Eltern, Geschwistern, Freunden oder alleine. Bereits während der Schulzeit ging es in den Pausen los. Sofort wurden Sammelkarten von Diddl oder Pokémon ausgepackt und es wurde eifrig hin und her getauscht, während andere sich bereits einen Eimer voller Kreide geschnappt hatten und ein großes Feld für „Himmel und Hölle“, das beliebte Hüpfspiel, aufmalten. In den Pausen ebenfalls sehr beliebt waren Klatschspiele oder Räuber und Gendarm, was auch oft in Jungs fangen Mädchen oder Mädchen fangen Jungs umgewandelt wurde. Oder man besorgte sich in der Pausenausleihe Bälle und Springseile.

Irgendwann fingen wir auch an zu „zocken“. Das passierte meistens in Zeiten der Fußball-EM oder -WM, dann spielten wir gegeneinander um die besten Fußballkarten. Wer gewann, durfte am Ende die Karten mit den Spielern drauf behalten.

Der Nintendo hatte eine magische Anziehungskraft auf uns.

Nach der Schule, wenn wir Mittag gegessen und unsere Hausaufgaben erledigt hatten, stand uns meistens der ganze Nachmittag zur Verfügung. Während manche von uns heimlich Mario Cart, Nintendogs oder Super Mario auf dem Nintendo spielten, trafen sich andere mit ihren Freunden und machten gemeinsam Brettspiele. Auch Rollenspiele wie Vater, Mutter, Kind waren beliebt, denn wir ließen gerne unserer Fantasie freien Lauf, um uns neue Szenen oder „Leben“ auszudenken.

Unsere vielen Hobbys

An langweiligen Tagen, wenn keiner Zeit hatte und wir uns selber beschäftigen mussten, fingen wir an, neue Leidenschaften und Hobbys zu entdecken: War es malen oder basteln, wollten wir gerne selber Musik machen oder ein Buch schreiben oder war doch eher Sport unser Ding. So kam es, dass unsere Eltern uns in Musikschulen, Vereinen oder Kursen anmeldeten, in denen wir zusammen mit vielen anderen Kindern neue Hobbys ausprobieren konnten.

In der Musikschule lernten wir Flöte, Gitarre, Schlagzeug oder vielleicht auch Geige. Es gab eine riesige Auswahl an Musikinstrumenten, die wir spielen konnten, und die Hauptsache war ja, dass es uns Spaß machte. Wir lernten immer mehr Töne und konnten auch bald ganze Lieder spielen. Auch zu Hause wurde von nun an fleißig geübt und wir trieben unsere Eltern mit schief klingenden und falschen Tönen fast schon in den Wahnsinn. Doch wenn wir an Weihnachten unser erstes Liedchen vorspielten, waren sie sehr stolz auf uns.

Aber wir machten natürlich nicht nur Musik, sondern probierten auch verschiedene Sportarten aus. Vom Fußball spielen übers Reiten oder Einradfahren bis zum Turnen und Ballett war wirklich alles dabei. Und während manche schon anfingen, an Wettkämpfen teilzunehmen, gingen die anderen nur zum Spaß zum Training.

Wenn wir dann freie Nachmittage hatten, setzten wir uns auch gerne mal hin, um zum Beispiel mit Legos zu bauen oder etwas zu malen und dabei einem

Nachmittags im Sportverein …

… oder draußen mit Inlinern .

Hörspiel zu lauschen. Außerdem konnte man sich ja immer noch mit Freunden treffen, um gemeinsam was zu unternehmen. Bei gutem Wetter gingen wir raus auf den Spielplatz oder cruisten mit unseren Fahrzeugen, wie zum Beispiel Fahrrädern, Inlinern, Einrädern, Waveboards oder Skateboards durch die Gegend. Wir hatten neben Kursen und Trainingsstunden viele Hobbys, die uns Spaß machten und für die wir uns nach der Schule treffen konnten.

Sebastian und Lena

Im Jahr 2010, als wir anfingen uns sportlich und musikalisch zu erproben, und schon die ersten Idole wie Schweini, Pipi Langstrumpf, Kim Possible oder Yakari hatten, traten zwei junge Deutsche ins Rampenlicht, die sich in die Riege unserer Vorbilder einreihen sollten:

***Sebastian Vettel** (Jahrgang 1987) aus Heppenheim, der seit 2007 in der Formel 1 startete, gewann 2010 als bislang jüngster Fahrer die Weltmeisterschaft für das österreichische Team Red Bull Racing. Auch in den drei darauffolgenden Jahren konnte er diesen Titel verteidigen. Ganz schön schnell!*

***Lena Meyer-Landrut** (Jahrgang 1991) aus Hannover startete für Deutschland mit dem Song „Satellite“ beim Eurovision Song Contest (ESC) und gewann als zweite Deutsche überhaupt (nach 1982) den Wettbewerb. Kurz darauf landete sie auf den vorderen Rängen der großen Download-Portale und der deutschen Charts. Ganz schön musikalisch!*

Wir konnten uns in Büchern und Comics verlieren.

In Geschichten versunken

Da wir nun in der Schule waren und das Lesen lernten, schauten wir uns auch in unserer Freizeit gerne selber Bücher an. Anfangs waren es noch die Eltern, die uns abends etwas vorgelesen haben, doch nach einer Zeit entwickelte sich unsere Begeisterung fürs Lesen: So lasen wir selbstständig unsere ersten Bücher, die meistens Leselernbücher waren, also eine relativ große Schrift hatten und in denen einzelne Wörter durch kleine Bilder ersetzt wurden. Nach und nach verschlangen wir immer anspruchsvollere Texte wie zum Beispiel „Die Teufelskicker", „Lola" oder auch „Das magische Baumhaus" und „TKKG". Die meisten von uns hatten eine Lieblingsbuchreihe, von der wir uns immer wieder die neusten Exemplare wünschten oder in der Bibliothek ausliehen. Wer nicht so gerne selber las, hörte die Geschichten auf CDs, denn fast alle Buchreihen gab es auch als Hörspiele. Die eigneten sich außerdem wunderbar für lange Autofahrten und zum Einschlafen.

Natürlich saßen wir auch gerne vor dem Fernseher, denn da gab es eine Menge spannende Abenteuer zu verfolgen. Ob man nun die neusten Filme auf DVD schaute oder eine Sendung im Programm, war ganz egal. Die einen durften den ganzen Tag lang Serien wie zum Beispiel „Spongebob" oder „Kim Possible" gucken, während andere eine eher begrenzte Fernsehzeit hatten und nur abends eine Serie, wie zum Beispiel „Yakari", „Der kleine Prinz" oder in der Weihnachtszeit „Bartäulomäus" auf KiKa schauen durften. Wir hatten natürlich immer das Gefühl, zu Letzteren zu gehören. Bei „Pur plus", „Wissen macht Ah!" und „Logo" waren unsere Eltern nicht so streng, da das ja Wissensendungen waren.

Und auch Kinderzeitschriften verschlangen wir.

Unser erster Führerschein

Seitdem wir das Fahrradfahren gelernt und Spaß daran gefunden hatten, radelten wir überallhin. Es dauerte also nicht lange, bis wir auch mal alleine mit unserem Rad zu einem Freund oder zur Schule fahren wollten. Genau aus dem Grund war es an der Zeit, die genauen Regeln im Straßenverkehr zu lernen, um sicher überall hinzugelangen. So bekamen wir in der dritten oder vierten Klasse Besuch von einem Polizisten, der uns mit viel Ruhe und Geduld alle Schilder und wichtigen Dinge, die im Straßenverkehr zu beachten waren, erklärte. Das Erste, was wir lernten – und auch wohl das, was am längsten in unseren kleinen Köpfen hängen geblieben ist – war: „Links, rechts, links, das bringt's!", ein Merksatz als Hilfe zum Überqueren der Straße. Der wirklich spaßige Teil folgte dann ein paar Tage später auf dem Schulhof oder einem Verkehrsübungsplatz. Dort sollten wir mit unseren Fahrrädern das Überqueren einer Straße, das Abbiegen und das Verhalten an einer Kreuzung, aber auch das Fahren auf einer Straße mit allen dazugehörigen Hindernissen und Schildern üben. Es machte uns Spaß, mit dem Fahrrad über den mit Linien und Schildern markierten Platz zu fahren und das, was wir gelernt hatten, anzuwenden. Anschließend wurden unsere Fahrräder daraufhin überprüft, ob unsere Bremsen und Lichter funktionierten, ob wir eine Klingel hatten und ob unser Fahrradhelm richtig eingestellt war. Vor der großen Prüfung waren wir alle unglaublich aufgeregt, auch wenn wir die Strecke und die Regeln in- und auswendig konnten. Es war eine kleine Runde von 20 Minuten zu absolvieren. Hochkonzentriert fuhren wir also los, und an jeder Ecke saß ein Elternteil oder ein Polizist, um zu kontrollieren, ob wir auch wirklich den Schulterblick machten. Als wir die Prüfung gemeistert hatten, wurden wir vom Polizisten bewertet. Und da wir gut vorbereitet waren und die Sache uns wichtig war, schafften die meisten die Prüfung mit links. Wir waren natürlich sehr stolz über unseren Fahrradführerschein und auch unsere Eltern waren froh, weil sie uns jetzt ohne Sorgen zu unseren Freunden fahren lassen konnten.

Mit dem Führerschein waren wir für die Radtour gewappnet.

Abenteuer Klassenfahrt

Klassenfahrten waren die wohl aufregendsten Erfahrungen im Leben eines jeden Grundschülers. Sie waren zwar meistens recht kurz und führten an einen Ort, der mit dem Auto in einer halben Stunde erreichbar war, aber trotz alledem waren sie abenteuerlich für uns. Voller Vorfreude wurden wir an einem Morgen von unseren Eltern zur Schule gebracht, wo bereits ein Haufen quasselnder Kinder und Eltern mit kleinen Koffern und Rucksäcken auf den Bus wartete. Aufgeregt verabschiedeten wir uns und liefen schnell mit einem Freund oder eine Freundin an der Hand in den Bus, um uns einen guten Sitzplatz zu sichern. Auch wenn die Busfahrt nur eine knappe Stunde dauerte, verdrückten wir währenddessen Unmengen an Süßigkeiten und Lunchpaketen. Als wir dann endlich beim Landheim oder in der Jugendherberge angelangt waren, wurden erst mal der Kicker, die große Wiese oder die Räumlichkeiten genauestens unter die Lupe und in Beschlag genommen. Unser Lehrer rief uns nach der kleinen Erkundungstour wieder zusammen und wir stellten uns brav in Vierer- oder Sechsergrüppchen auf, welche dann den verschiedenen Zimmern zugeteilt wurden. Natürlich freuten wir uns, möglichst nah an den Zimmern unserer Freunde zu sein, gleichzeitig konnten wir nicht leugnen, dass es ebenfalls aufregend war, mit den „ekligen" Jungs bzw. „doofen" Mädchen auf demselben Flur zu schlafen. Dann blieb aber noch das Problem mit der Bettenverteilung, denn wer durfte jetzt oben schlafen oder wer musste nach unten? Im Endeffekt war unser Schlafplatz wahrscheinlich gar nicht so wichtig, da wir entweder sowieso nicht viel schliefen, in der Nacht noch mal Betten tauschten oder sie zu einem großen Bettenlager zusammenschoben. Das alles natürlich zum Missfallen unserer Lehrerinnen und Lehrer. Für das ein oder andere bekamen wir dann auch eine Menge Ärger.

Wo bleibt der Bus?

Neben den – unserer Meinung nach – höchst anstrengenden Pflichten wie Tischdienst hatten wir hauptsächlich spaßige gemeinschaftliche Aktivitäten, wie den Besuch in einem Dinosaurierpark, ein Lagerfeuer mit

Stockbrot, einen Ausflug in den Zoo oder in den Wald auf dem Programm stehen. Wenn wir nach einem langen Tag voller Aktivitäten erschöpft zurück in die Jugendherberge kamen, hatten wir nach dem Abendbrot trotz allem wieder genügend Energie, uns gegenseitig zu ärgern, in den Zimmern rumzutoben oder kichernd und kreischend über den Flur zu rennen. Nach ein paar Tagen war der Spaß leider schon wieder vorbei und es ging nach Hause. Doch auch wenn es uns so vorkam, als wäre der Alltag wieder ganz normal, waren wir als Klasse oder als Freunde noch etwas mehr zusammengewachsen.

Chaos im Mädchenzimmer.

NSU-Morde fliegen auf

Zehn Morde begingen sie zwischen 2000 und 2007 und kamen immer unbehelligt davon. Die Polizei tappte lange Zeit über die Täter und Motive im Dunkeln und stellte keine Verbindungen her zwischen den Morden an neun Mitbürgern mit Migrationshintergrund und einer Polizistin, die in Nürnberg, Hamburg, München, Rostock, Dortmund, Kassel und Heilbronn verübt wurden. Von „Döner-Morden" war despektierlich die Rede – übrigens Unwort des Jahres 2011. Erst im November 2011, nach einem Banküberfall in Eisenach, flogen Uwe Böhnhardt und Uwe Mundlos auf, nachdem sie tot (durch Selbstmord) in einem Wohnmobil gefunden wurden. Wenige Tage später stellte sich die Dritte im Bunde des rechtsradikalen NSU (Nationalsozialistischer Untergrund), Beate Zschäpe, der Polizei. Nun ließ sich die blutige Spur der Gewalt aus Mord, Raub und Sprengstoffanschlägen zurückverfolgen. Das Trio mordete, weil ihre Opfer nicht in ihr rechtsextremes Weltbild passten.

Es sollte weitere sieben Jahre dauern, bis der NSU-Prozess abgeschlossen war. Beate Zschäpe wurde als Mittäterin im Juli 2018 zu lebenslanger Haft wegen zehnfachen Mordes verurteilt.

Jedoch blieben auch manche Fragen offen. Z. B. wer den NSU unterstützt hat, woher die Waffen kamen und welche Rolle der Verfassungsschutz dabei spielte.

Läuft bei uns!

Neue Schule, neue Ranzen.

Die neue Schule

Nach vier Jahren mit ein und denselben Freunden zusammen in einer Klasse kam die Zeit, der Grundschule „auf Wiedersehen" zu sagen und die Entscheidung für unseren weiteren Schulweg zu treffen. Also mussten wir mithilfe unserer Eltern und Lehrer zwischen Hauptschule, Realschule, Gesamtschule und Gymnasium wählen. Wenn erst mal der Schultyp feststand, ging es für viele zu etlichen Schulbesichtigungen und Infoveranstaltungen, während andere schon von vornherein wussten, auf welche Schule ihre Wahl fallen würde. So war einigen von Anfang an klar,

Chronik

17. Februar und 18. März 2012
Christian Wulff tritt wegen einer Kredit- und Medienaffäre von seinem Amt als Bundespräsident zurück. Sein Nachfolger wird der Pfarrer und ehemalige Leiter der Gauck-Behörde Joachim Gauck.

6. August 2012
Der Marsroboter Curiosity landet auf dem Mars und sendet bereits kurz darauf die ersten Bilder vom dem Planeten.

Juni 2013
Der frühere Geheimdienstmitarbeiter Edward Snowden enthüllt den NSA-Überwachungsskandal, ein weltweites Netz von Spionagesystemen, das von den USA aus gesteuert wird.

Februar/März 2013
Der Deutsche Benedikt XVI. tritt nach acht Jahren von seinem Amt als Papst zurück. Der Argentinier Franziskus wird neues Oberhaupt der römisch-katholischen Kirche.

Sommer 2014
Die radikalislamistische Terrororganisation IS (Islamischer Staat) führt im Nahen Osten einen Heiligen Krieg mit dem Ziel, einen islamischen Gottesstaat (Kailfat) zu errichten. Der IS beherrscht große Gebiete des Irak und Syriens und unterwirft die Bevölkerung.

13. Juli 2014
Die deutsche Nationalelf gewinnt die Fußballweltmeisterschaft in Brasilien.

8. März und 17. Juli 2014
Ein Flugzeug der Malaysia Airlines mit 239 Insassen verschwindet über dem Indischen Ozean, ein weiteres mit 298 Insassen wird im Grenzgebiet der Ukraine abgeschossen.

7. Januar 2015
Ein islamistischer Terroranschlag auf die Redaktion des Satire-Magazins „Charlie Hebdo" in Paris fordert zwölf Todesopfer.

18. September 2015
Es wird öffentlich, dass die Volkswagen AG eine illegale Abschalteinrichtung in der Motorsteuerung ihrer Diesel-Fahrzeuge verwendet, um Abgasnormen zu umgehen.

13. November 2015
In Paris fordern mehrere islamistische Attentate auf Restaurants und einen Nachtclub 130 Todesopfer und 352 Verletzte.

Neugierig und etwas nervös fanden wir uns in der Aula der neuen Schule ein.

dass sie zum Beispiel auf dieselbe Schule wie ihre Geschwister gehen würden, andere schauten sich Schule für Schule einzeln an.

Am letzten Schultag in unserer gemütlichen kleinen und geliebten Grundschule kullerte sogar manch eine Träne, als der Abschied von Klassenkameraden und Lehrern, die uns über die Jahre ans Herz gewachsen waren, anstand. Auch wenn unsere Freunde natürlich nicht aus der Welt waren und einige in Zukunft sogar die gleiche Schule besuchen würden, war es doch eine große Unbekannte, die mit dem Eintritt ins neue Schuljahr auf uns zukommen würde. Als das Ende der Sommerferien immer näher rückte, ein neuer Schulrucksack und andere Schulmaterialien besorgt worden waren, blickten wir ein bisschen mit Unsicherheit auf den bevorstehenden ersten Schultag, aber auch voller Freude, neue Leute kennenzulernen, Erfahrungen zu sammeln und Dinge zu lernen.

Dann war es so weit. Aufgeregt und auch ein wenig nervös wurden wir von unseren Eltern zur Schule begleitet, wo wir erst mal zur Begrüßungsfeier gingen. Alle waren neugierig, in welche Klasse, zu welchen Leuten und zu welchem Lehrer sie kommen würden. Wir hofften natürlich, mit unseren Freunden zusammenzubleiben. Nach kurzer Zeit wurden wir unserem Klassenlehrer zugewiesen und trabten ihm in den Klassenraum hinterher. Da saßen wir nun ehrfürchtig in einem nüchternen Raum, an größeren Pulten, als wir es gewohnt waren. Zum Glück waren ja meistens ein paar Freunde oder bekannte Gesichter unter unseren neuen Mitschülern, neben die wir uns setzen konnten. Nach einer kleinen Vorstellungsrunde und dem ein oder anderen Kennlernspiel kamen uns all die Kinder gar nicht mehr so fremd vor und es war nichts mehr von dem anfänglichen Bammel zu spüren.

Nach ein paar Wochen hatten wir uns an das neue Umfeld gewöhnt. Wir konnten uns nun auch in dem großen Schulgebäude orientieren und fanden das Chemielabor oder den Kunstraum ganz ohne Hilfe. Mit der weiterführenden Schule waren auch neue Fächer wie Erdkunde, Physik oder Biologie, Fremdsprachen und Geschichte hinzugekommen, und es gab zahlreiche Arbeitsgemeinschaften, bei denen wir uns eifrig einwählten, denn es war für jedes Interesse etwas dabei. Aber es kam auch eine große Umstellung auf uns zu, denn wir merkten schnell, dass der Anspruch höher war als in der Grundschule. Wir bekamen mehr Hausaufgaben, schrieben öfter und schwierigere Tests und Arbeiten und hatten mehr Unterricht als zuvor.

Alte Freunde …

Alte und neue Freundschaften

Mit der neuen Schule erweiterte sich natürlich unser Freundes- und Bekanntenkreis. Mit manchen verstand man sich sofort super, mit anderen hingegen brauchte es seine Zeit, um festzustellen, dass man gemeinsame Interessen hatte. Auch Hobbys, Vereine oder AGs halfen uns, Gleichaltrige kennenzulernen und neue Freundschaften zu schließen. Nach kurzer Zeit wurden schon Telefonnummern ausgetauscht und schnell stand das erste Treffen fest. Häufig quatschte man den ganzen Nachmittag, manchmal ging man auch in die Stadt oder traf sich zum Fußballspielen und wenn es dann doch mal langweilig wurde, konnte man auch gemeinsam etwas backen oder ein lustiges Spiel spielen. Mit der Zeit entwickelte sich ein neuer kleiner Freundeskreis mit Leuten, denen man vertrauen und mit denen man unglaublich viel Spaß haben konnte. Gemeinsam ging es mal ins Schwimmbad, mal zum Eisessen oder in die Eissporthalle.

... neue Freunde – Hauptsache Spaß!

Doch trotz der ganzen neuen Freunde vergaßen wir auch nicht, unsere alten Freundschaften zu pflegen, vor allem mit jenen, die wir aufgrund des Schulwechsels jetzt nicht mehr tagtäglich sahen. Es war ein bisschen schwierig für uns, wenn bei Geburtstagspartys alte und neue Freunde aufeinandertrafen, die sich noch nicht kannten.

Auch zwischen Jungs und Mädchen tat sich was: Wir begannen uns füreinander zu interessieren. Wenn man früher dachte: „Iih Jungs“ oder „bäh, Mädchen“, war es mittlerweile cool, miteinander etwas zu unternehmen. Es wurden auch schon die ersten Pärchen gebildet, die zwar meistens nicht lange hielten, aber dennoch war es spannend, sich im Unterricht kleine Zettelchen, SMS' oder WhatsApps zu schreiben oder sich auf dem Schulhof zu treffen. Zwar waren wir noch zu schüchtern und haben nicht unbedingt mega viel zusammen unternommen, doch es war eine aufregende und neue Erfahrung für uns.

Auf Klassenfesten und bei Klassenfahrten mischten sich Mädchen und Jungen.

YOLO!

Unser erstes Handy bekamen wir meist mit dem Übergang in die neue Schule. Das war oft ein kleines einfaches Smartphone von Samsung oder Sony mit einer Prepaidkarte. Auch wenn es häufig nicht mehr als eine Anruf- und Kamerafunktion und ein paar relativ eintönige Spiele besaß, hatten wir unsere Freude daran. Anfangs schrieben wir uns mit unseren ABFs darauf noch gegenseitig SMS' mit vielen Smileys und Herzchen und Botschaften wie YOLO, ROFL und HDGDL oder spielten Spiele wie Subway Surfers, Templerun, Jetpack Joyride.

Mit Handys war das aber so eine Sache: Ständig kamen neue Modelle auf den Markt und die Technik und Leistungsfähigkeit der Geräte verbesserte sich rasend schnell. Alle wollten das Neueste mit dem meisten Speicherplatz und der besten Kameraqualität haben. Die meisten Eltern sahen es jedoch nicht ein, jedes Jahr zum Geburtstag ein neues Handy zu kaufen, wenn das alte noch perfekt funktionierte. Trotzdem dauerte es nicht lange, da wurde das erste Handy gegen ein leistungsfähigeres Smartphone ausgetauscht. Das war die Zeit, in der wir auch Social Media entdeckten. Angefangen hat es meistens mit WhatsApp, wo wir – kostenlos – miteinander schreiben, Emojis und Kettenbriefe verschicken konnten. Es wurden Gruppenchats mit Freunden gebildet, aber auch mit der ganzen Schulklasse, um Hausaufgaben und wichtige Infos auszutauschen, manchmal waren sogar unsere Lehrer Mitglied, was wir nicht immer toll fanden. Und wir konnten uns jede Menge neue Spiele herunterladen, Musik hören und – nicht zu vergessen – massenweise Selfies machen.

Mit der Gesichter-App oder dem Filter wurden unsere Selfies noch schöner.

Erst mal alles raus und neue Farbe auf die Wände.

Ein cooles Jugendzimmer

Mit zunehmendem Alter veränderte sich natürlich auch unser Geschmack, wir waren ja jetzt keine Kinder mehr. Das äußerte sich auch darin, dass uns unsere alten Sachen nicht mehr gefielen. Wir fühlten uns reifer und fanden, der ganze Kinderkram müsse weg. So war das auch mit unserem Zimmer. Wir wollten eine Veränderung und eine coolere Einrichtung. Also begannen wir auszumisten und umzuräumen, umzugestalten und neue Möbel zu kaufen. Selbst zum Geburtstag wünschten wir uns Dinge für unser Jugendzimmer. Die einen bekamen vielleicht ihren ersten eigenen Fernseher, während sich die anderen doch eher einen Boxsack oder einen Sitzsack zum Chillen wünschten. Ganz wichtig war bei vielen aber ein neues Bett! Das alte schmale Kinder- oder Hochbett mit den vielen Kuscheltieren drin hatte ausgedient, ein großes, breites Bett war angesagt, in dem wir uns ausstrecken konnten und in das auch mal ein Übernachtungsgast passte. Mit Fotos, Postkarten, Postern und Lichterketten bekamen unsere Zimmer ihre persönliche Note.

Nachdem wir unseren Großeinkauf bei Ikea hinter uns hatten und unser Zimmer neu gestylt war, waren wir erst mal sehr zufrieden damit. Wenngleich das nicht unbedingt lange anhielt, denn die Zimmer von den anderen sahen in unseren Augen immer besser aus als unsere eigenen. Aber das lag nicht nur an der Zimmereinrichtung, sondern auch am „Chaosfaktor". Man konnte uns nämlich in zwei Gruppen aufteilen: diejenigen, die sehr ordentlich waren, und diejenigen, die sehr unordentlich waren – Letztere bildeten sicherlich die Mehrheit. So mussten die Unordentlichen gefühlt ständig ihre Zimmer aufräumen, denn auch unsere Eltern fingen an rumzumeckern und verstanden nicht, dass hinter unserer vermeintlichen Unordnung auch ein System steckte.

Fußballfieber und Fanmeilen

Als Fans im Mitfiebern und -feiern bei Fußball-WMs waren wir mittlerweile geübt: Wir haben als Kleinkinder das Sommermärchen mit schwarz-rot-goldenen Streifen auf den Wangen, Fähnchen schwenkend miterlebt und zur WM 2010 in Südafrika im Deutschlandtrikot mit unseren Vuvuzelas für Stimmung gesorgt. Jetzt, zur WM 2014 in Brasilien, waren wir also schon wahre Profi-Fans und wussten, wie man unserer Elf zur Trophäe und zum vierten Stern auf dem Trikot verhelfen konnte. Und so passierte es:

Nachdem sich die deutsche Elf souverän durch die Gruppenphase gekickt hatte, geschah das Unglaubliche: Im Halbfinale besiegte „Jogis Eleven" den Gastgeber – und eigentlichen Titelfavoriten – Brasilien mit 7:1. Unser Mitleid mit dem brasilianischen Team rund um Fußballstar Neymar wuchs von Tor zu Tor, und spätestens jetzt war klar: Deutschland hatte den vierten Stern verdient.

Am 13. Juli 2014 verfolgte fast die ganze Nation gespannt das Endspiel Deutschland gegen Argentinien und ein lauter Jubelschrei schallte durchs Land, als Mario Götze in der Verlängerung, nach torlosen 112 Minuten mit dem linken Fuß endlich den Siegtreffer erzielte. Deutschland war Weltmeister!

Die halbe Nacht wurde gejubelt und gefeiert und wir waren dabei. Zwar mussten wir am nächsten Tag in die Schule gehen, doch unsere Lehrer hatten ein Nachsehen mit uns, sie waren ja genauso müde wie wir.

Tooor! – auch bei Fifa konnte man Meister werden.

Unsere „Bildschirmzeit" war immer zu kurz

Wir wuchsen in einer Zeit auf, in der wir mit immer neuen Technologien und der besten Technik in Berührung kamen. Deshalb waren wir auch die Kinder, für die es selbstverständlich war, auf der Playstation, der Wii, der Xbox oder am Computer Spiele zu spielen. Bei den meisten von uns gab es natürlich Regelungen, wie oft und wie lange wir spielen durften. Wenn die vereinbarte „Bildschirmzeit" rum war, mussten wir den Computer oder Fernseher „ohne Wenn und Aber" ausmachen und jedes Betteln und Flehen half nicht, denn unsere Eltern waren der Meinung, dass das reichte und wir von den ganzen Computerspielen sonst verblöden würden.

Natürlich hatte nicht jeder von uns eine Wii, Playstation oder Xbox, deswegen war es ein Highlight, wenn wir bei Freunden waren, bei denen wir zu zweit oder mit mehreren spielen konnten, egal ob Singstar, Just dance, Mario Kart oder Fifa. Wenn wir Glück hatten sogar ohne Zeitlimit.

Häufig hatten wir bereits im Kindesalter unser erstes elektronisches Spielzeug, einen Nintendo, einen iPod oder eine Wii, denn dafür gab es für Mädchen und Jungen jeden Alters eine große Auswahl an Spielen. Die wohl beliebtesten waren Mario und Pokémon. Jeden Tag bettelten wir unsere Eltern an, doch noch ein wenig länger als die verabredete Zeit spielen zu dürfen, doch sie blieben meist hart, denn sie wollten wahrscheinlich nicht, dass wir – wie sie immer so schön sagten – viereckige Augen bekämen.

Irgendwann wurden wir zu alt für den Nintendo und schielten nach dem Laptop, Tablet oder Computer unserer Eltern. Einen PC und Computerspiele gab es praktisch in jeder Familie. Und ob es nun Spiele von CDs, im Internet auf den Seiten „Spielaffe“ oder „1000 Spiele“ – z. B. Feuer und Wasser, Good Game Farmer, Bananakong – oder vorinstallierte Spiele wie Solitär waren, war uns ganz egal. Wir kauften oder wünschten uns auch interaktive Computerspiele, wie zum Beispiel „Sims“, bei dem man Charaktere erfinden und deren Leben steuern konnte.

Irgendwann waren wir der Meinung, dass wir – natürlich nur aus rein schulischen Gründen, wie wir unseren Eltern erklärten – einen eigenen Laptop benötigten. Natürlich wollten wir ihn hauptsächlich für Hausaufgaben oder Referate benutzen. Aber niemand konnte abstreiten, dass er nicht sofort ein paar Spiele heruntergeladen hatte, die allerdings nicht sonderlich hilfreich waren, wenn man eigentlich Wichtigeres zu tun hatte. Alle kannten wahrscheinlich nur zu gut diesen einen Panikmoment, wenn man blitzschnell alles ausschalten musste und sich ein Buch schnappte, weil man Schritte in der Nähe seiner Tür gehört hatte und wusste, was für einen Ärger es geben würde, wenn man, anstatt zu lernen, lieber „Fifa“ spielte.

Beim Spielen auf dem Tablet vergaßen wir die Welt um uns herum.

Der Dieselskandal

Im September 2015 wurde öffentlich, dass VW mit einer Betrugssoftware niedrige Abgaswerte vorgetäuscht hatte. Diese Software erkennt, ob ein Fahrzeug auf dem Prüfstand ist und hält dann die angegebenen Abgasgrenzwerte ein. Im wirklichen Straßenverkehr sind die Schadstoffemissionen aber wesentlich höher. Weit über zwei Millionen Autofahrer in Deutschland waren von dieser Betrugsmasche betroffen, elf Millionen weltweit.

Mit dem sogenannten „Dieselgate", der auch andere Automobilkonzerne betraf, wurde eine heiße Diskussion um das Vertrauen in die Automobilbranche sowie die Verquickung von Autoindustrie und Politik ausgelöst. Während die Umrüstung der Fahrzeuge in Deutschland genauso schleppend voranging wie die Aufklärung des Skandals und der Verantwortlichkeiten, rollten in den USA längst Köpfe und alle VW-Autobesitzer wurden finanziell entschädigt. Im Mutterland des Konzerns war keine Entschädigung der Dieselfahrer in Sicht – Skandal!

Neue Interessen

Natürlich entwickelten wir in unserem jugendlichen Alter neue Interessen und Vorlieben. So fingen die Mädchen an, sich zu schminken und ihr Taschengeld in Drogeriemärkten auszugeben, während für viele Jungs der Sport wichtiger wurde, um einen muskulösen und gut definierten Body zu haben. Ob Mädchen oder Jungen: Wir achteten immer mehr auf unser Aussehen und machten uns Gedanken über die Klamotten, die wir trugen, und wie wir unsere Haare stylten. Das hing natürlich damit zusammen, dass unser Interesse für Jungen oder Mädchen größer wurde.

Wir probierten Vieles aus.

Und wir hatten neue Hobbys.

Auch unsere Hobbys veränderten sich, während manche neue Sportarten wie Handball, Basketball, Tanzen oder Parcours für sich entdeckten und in neue Vereine eintraten, fingen andere an shoppen zu gehen oder öfter mit Freunden abzuhängen. Wir entwickelten allmählich einen eigenen Musikgeschmack, entdeckten neue Stars, die wir verehren konnten, und fanden unsere „Celebrity-Crushes“: Egal, ob nun Models, YouTuber, Sportler oder Musiker. Die meisten von uns hatten mindestens eine Person in Form eines Posters an ihrer Wand hängen, die sie verehrten.

Vor der Firmung kam die Kommunion.

Wir hatten die Wahl: Konfirmation, Firmung, Jugendweihe …

Mit 13, 14 Jahren standen wir erstmalig vor einer wichtigen Entscheidung, die wir selber zu treffen hatten – natürlich unter Mitsprache unserer Eltern: Die Entscheidung für die Firmung oder die Konfirmation, welche uns als vollwertiges Mitglied in der katholischen bzw. evangelischen Gemeinde auszeichnen würde, oder die Jugendweihe, welche den Übergang von der Kindheit zum Erwachsenwerden darstellte, oder eben für gar keines der Rituale.

Unsere Entscheidung fiel aus den verschiedensten Gründen dafür oder dagegen. Für die einen war es vielleicht nur die Tradition und das Geld, für die anderen eine gute Erfahrung und ein Weg, um herauszufinden, ob sie sich mit der christlichen Religion identifizieren können, wieder andere freuten sich einfach, ihren Eintritt ins Erwachsenwerden zu feiern.

Wenn wir uns für eins der Rituale entschieden, hieß es zunächst ein bis zwei Jahre den Unterricht oder die Vorbereitungsstunden zu besuchen. Wir lernten eine Menge neue Sachen über das Erwachsensein, über Religion, über Werte, wir diskutierten sozusagen „über Gott und die Welt", machten tolle Erfahrungen in der Gruppe, hatten viel Spaß zusammen

Konfirmation – ein wichtiger Meilenstein für uns.

und fanden außerdem noch neue Freunde. So verging die Zeit rasend schnell, bis der wichtige Tag der Feierlichkeiten bevorstand. Zuvor hatten wir uns schöne Kleider oder Jumpsuits, elegante Schuhe, schicke Anzüge oder Sakkos und Hemden gekauft, die wir zu diesem besonderen Anlass tragen würden. Am Tag der Tage warfen wir uns also in Schale und auch alle unsere Gäste machten sich schick für unsere Feier. Nach der Zeremonie – ob in der Kirche oder nicht –, gab es natürlich eine lange Fotosession, anschließend gingen wir mit unseren Gästen ins Restaurant, in einen Saal oder unser festlich geschmücktes Zuhause; dort wurde viel gegessen, gelacht und gefeiert. Es war ein schönes und besonderes Gefühl, im Mittelpunkt zu stehen und so viel Aufmerksamkeit von unseren Verwandten und Bekannten zu bekommen. Natürlich gab es auch eine Menge Geschenke, vor allem Geld, das wir später gut in ein Smartphone, einen Laptop oder den Führerschein investieren konnten.

Die Flüchtlingskrise – „Wir schaffen das!“

Auf der Flucht vor Kriegen, Verfolgung, Gewalt, Hunger und Armut, auf der Suche nach Frieden, Freiheit und einem besseren Leben kamen im Frühjahr und Sommer 2015 Hunderttausende Flüchtlinge nach Deutschland und Europa – weit mehr als in den Jahren zuvor. Besonders aus den Kriegsgebieten und Krisenherden Syrien, Irak, Afghanistan, Eritrea und weiteren zentralafrikanischen Ländern sowie dem Maghreb flohen Familien und viele junge Menschen, teils nicht älter als wir. Sie kamen meist mithilfe von Schlepperbanden in kleinen Booten über das Mittelmeer und von dort teils zu Fuß über die sogenannte Balkanroute. Tausende starben auf der Flucht.

Während die EU und viele europäische Regierungen hilflos und fast tatenlos auf diese Flüchtlingswelle reagierten, setzte Bundeskanzlerin Angela Merkel ein Zeichen: Entgegen allen Widerständen, auch aus der eigenen Partei, machte sie mit dem Slogan „Wir schaffen das!“ die Aufnahme der Flüchtlinge zur nationalen Aufgabe. Ca. 800 000 Flüchtlinge kamen in 2015 nach Deutschland. Eine neue Willkommenskultur entstand, viele Menschen engagierten sich ehrenamtlich für die geflüchteten Menschen. Auf der anderen Seite machten sich aber auch Hetze und Rassismus breit, zahlreiche Anschläge auf Flüchtlingsunterkünfte wurden verübt.

Seit 2017 ließ der Flüchtlingsstrom drastisch nach, aber nicht etwa, weil mehr Frieden und Wohlstand in der Welt herrscht, sondern weil Europa seine Außengrenzen dicht gemacht hat, mit Grenzzäunen, Wärmebildkameras und Grenzpatrouillen. Willkommenskultur sieht anders aus.

Chillen, Chatten und Champagner

Erst der Fototermin, …

Vor, Schritt, Tscha-tscha-tscha

Mit dem Ende der Sommerferien wurde die Vorfreude auf das kommende neunte Schuljahr immer größer, aber nicht etwa wegen der neuen Lehrer oder dem neuen Unterrichtsstoff, sondern weil in diesem Schuljahr der Tanzkurs stattfinden sollte. Manche blickten dem mit großer Freude entgegen, während andere etwas nervös und unsicher waren, einfach aus Angst sich zu blamieren. Natürlich fand der Tanzkurs freiwillig statt und war nicht von der Schule aus organisiert, doch meistens sprach man sich in der Klasse ab, sodass alle, die Lust darauf hatten, den gleichen Kurs besuchten.

Chronik

23. Juni 2016
In Großbritannien stimmen die Wähler für den Austritt aus der Europäischen Union.

8. November 2016
Der Republikaner Donald Trump gewinnt die Präsidentschaftswahl in den USA.

19. Dezember 2016
Beim Anschlag mit einem Sattelzug auf einen Berliner Weihnachtsmarkt tötet ein islamistischer Terrorist zwölf Menschen und verletzt mehr als 50.

12. Februar 2017
Der SPD-Politiker Frank-Walter Steinmeier wird Bundespräsident.

1. Juni 2017
Der Ausstieg der USA aus dem Pariser Klimaabkommen ruft weltweit Empörung hervor.

1. Oktober 2017
Mit dem Gesetz „Ehe für alle“ haben gleichgeschlechtliche Paare in Deutschland das Recht auf Eheschließung.

14. März 2018
171 Tage nach der Bundestagswahl hat sich eine arbeitsfähige Regierung aus CDU/CSU und SPD gebildet, Angela Merkel wird erneut Bundeskanzlerin.

November 2018 bis Frühjahr 2019
Die Bürgerbewegung der Gelbwesten (Gilets jaunes) formiert sich in Frankreich und protestiert landesweit jeden Samstag gegen die (Steuer-)Politik von Staatspräsident Emanuel Macron.

15./16. April 2019
Bei einem Großbrand wird die Kathedrale Notre Dame in Paris teilweise zerstört.

2. Juni 2019
Der Präsident des Regierungsbezirks Kassel, Walter Lübke, wird ermordet. Lübke war seit 2015 Anfeindungen und Morddrohungen aus der rechtsextremen Szene ausgesetzt, nachdem er öffentlich die Hetze gegenüber Flüchtlingen verurteilt hat.

20. bis 23. September 2019
Die Umweltaktivistin Greta Thunberg hält beim UN-Klimagipfel in New York eine flammende Rede, in der sie den führenden Staats- und Regierungschefs absolute Verantwortungslosigkeit vorwirft.

… dann der große Auftritt, …

Vor der ersten Tanzstunde war jeder etwas aufgeregt, auch wenn man es natürlich nicht zugeben wollte. Damit nicht alle immer mit dem gleichen Partner tanzen mussten, sondern auch mit Jugendlichen anderen Schulen, wurde durchgehend gewechselt. Anfangs fühlten wir uns deswegen ein wenig unwohl, aber mit der Zeit lernten wir auf diese Art auch neue Leute kennen. Die nächsten Wochen verbrachten wir damit, klassische Tänze wie Foxtrott, Wiener Walzer, Disco Fox oder Tscha Tscha Tscha zu üben, aber auch mehrere Flashmobs wurden uns beigebracht, die uns fast noch mehr Spaß machten. Zu Hause haben wir die neu gelernten Schritte fleißig mit den Geschwistern oder Freunden geübt. Langsam wurde es auch Zeit, sich einen Tanzpartner zu suchen, mit dem man am Ende des Kurses auf den Abschlussball gehen konnte. Ganz altmodisch war es natürlich die Aufgabe der Jungen, ein Mädchen zu bitten, sie auf den Ball zu begleiten. Aber natürlich gab es auch Mädchen, die, anstatt verrückt zu werden, die Sache lieber selbst in die Hand nahmen. Während einige sich damit viel

Zeit ließen, hatten andere schon einen Tanzpartner, bevor der Tanzkurs überhaupt angefangen hatte. Natürlich bildeten sich viele Tanzpärchen innerhalb der Klassen, aber es gab auch welche, die sich erst durch den Tanzkurs kennengelernt hatten. Ein Problem war der allgemeine Mädchenüberhang in den Tanzkursen, aber dafür gab es sogenannte Gasttänzer aus den höheren Jahrgängen oder von anderen Schulen.

Der Abschlussball rückte immer näher und somit wurde es Zeit, sich eine geeignete Abendgarderobe zu besorgen. Während Jungs es etwas einfacher hatten und nur einen Anzug und Tanzschuhe brauchten, fingen viele Mädchen schon zwei Monate im Voraus an, ihr Outfit zu planen: angefangen vom Ballkleid und den Schuhen über die Haarfrisur, das Make-up und den Schmuck. Nach zehn bis zwölf Tanzstunden war der große Abend endlich gekommen. Nachdem alle Tanzschüler mit ihren Familien eingetroffen waren, wurden Bilder mit Eltern, Freunden und mit Tanzpartner gemacht. Anschließend schritten die Paare langsam in einer langen Reihe in den Festsaal ein. Selbstverständlich genossen wir diesen Augenblick, in dem alle Augen auf uns gerichtet waren. Stolz präsentierten wir nun all die gelernten Tänze und zum Abschluss gab es dann noch einen Mutter-Sohn- oder Vater-Tochter-Tanz. Danach kam eine Band und es wurde bis in die Nacht getanzt – auch wenn nach ein paar Stunden alle Mädchen mit normalen Sneakers herumliefen. Nach diesem Abend war jedem klar, dass der Tanzkurs eine tolle Erfahrung war, an die man sich bestimmt sein ganzes Leben lang erinnern würde.

... und hinterher der Vater-Tochter-Tanz.

Lange Nächte

Tanzen, Partys und Alkohol – genau die drei Themen, die für uns 15- oder 16-Jährige wichtig waren. Wann immer man zu einem Geburtstag eingeladen wurde, war das sofort in der Schule Gesprächsthema Nummer eins. Wer würde

Sweet Sixteen!

Let's party!

da sein? Was sollte man anziehen? Ist auch der heimliche „Crush" eingeladen? Das Ganze war vor allem so aufregend, weil es für die meisten die erste richtige Party und kein Kindergeburtstag im Schwimmbad oder beim Bowling war. Noch viel aufregender war es für den Gastgeber, der alles planen musste und inständig hoffte, eine unvergessliche Party zu schmeißen. Zunächst musste die Entscheidung getroffen werden, ob man lieber zu Hause feiern oder ein Raum mieten wollte, was u. a. auf die Anzahl der Gäste und die Toleranzschwelle der Eltern ankam. Dann mussten Snacks wie Salzstangen, Minipizzen, Chips und Gummibärchen besorgt werden. Dazu kamen Getränke und Partydekoration. Nicht zu vergessen das Erstellen einer geeigneten Musik-Playlist. Das Thema Musik war das Schwierigste, aufgrund der vielen verschiedenen Geschmäcker, sodass im Endeffekt von Deutschrap über Pop bis hin zu Schlager alles dabei sein musste. Eigentlich war es auch gar nicht so wichtig, ob gerade ein Lieblingslied gespielt wurde oder nicht, Hauptsache, die Stimmung war gut und alle tanzten. Wenn die Stimmung nicht von Anfang an super war, dann wurden einfach ein paar Partyspiele wie Flunky Ball, Bier Pong, Flaschendrehen oder Picolo gespielt.

Das Thema Alkohol spielte dabei natürlich auch eine große Rolle, da es ab 16 ja offiziell erlaubt war, Wein, Bier, Sekt und Mixgetränke zu konsumieren. Doch auch wenn es nun gesetzlich legal war, hatten unsere Eltern leider noch ein Wörtchen mitzureden. So kamen von ihrer

Gemeinsame Partys und Aktivitäten waren angesagt.

Seite immer Horrorgeschichten, um uns klarzumachen, was alles so passieren konnte. Meistens machten sie sich aber viel zu viele Sorgen – fanden wir.

Egal ob im Club oder auf einer Party, das Abholen war immer eine große Sache. Selbstverständlich wollte niemand der Erste sein, der gehen musste, und noch weniger wollte man von seinen Eltern direkt vor der Tür abgeholt werden. Da überredete man sie lieber, dass man den Bus oder das Fahrrad nehmen durfte und mit seinen Freunden gemeinsam heimfuhr.

Crushes und Pärchen

Schmetterlinge im Bauch und das Gefühl, seine bessere Hälfte gefunden zu haben, so würden wohl viele Menschen das Verliebtsein beschreiben. Im Alter zwischen 14 und 18 Jahren hatten viele ihre erste richtige Beziehung. Mit „richtiger Beziehung" ist aber nicht gemeint, dass man sich einen kleinen Zettel schreibt: „Willst du mit mir gehen?" mit den Ankreuzmöglichkeiten „Ja" und „Nein". Oder eine Beziehung, in der man höchstens Händchen hält, wenn überhaupt. Je älter man wurde, umso komplizierter wurde das Ganze und manchmal sehnte man sich in die Zeit zurück, als man noch klein war und sich gegenseitig nur Zettel zu schreiben brauchte.

Irgendwann hatte man also seinen „Crush", jemanden, den man plötzlich total toll fand. Natürlich suchte man möglichst oft die Nähe dieses Schwarms und versuchte sich z. B. bei Gruppenarbeiten in der Schule in das Team des anderen zu schmuggeln oder auf Partys zu sein, wo der andere auch war. Wenn die Liebe endlich auf Gegenliebe stieß und das erste Date zu zweit stattfand, war man natürlich unglaublich aufgeregt und nervös. Meistens ging man etwas essen, ins Kino oder man verabredete sich einfach zu Hause. Und dann, endlich, nach gefühlt unzähligen Verabredungen war es so weit: der erste Kuss. Nun war man quasi offiziell zusammen und schwebte auf Wolke sieben. Wochenlang war einem das Strahlen nicht mehr aus dem Gesicht zu wischen und nichts konnte einem die gute Laune verderben.

Immer gut drauf: die Lochis.

Storys, Insta-Posen und Let‘s Player

Neben WhatsApp waren wir auf verschiedenen anderen sozialen Netzwerken unterwegs, wie zum Beispiel Snapchat oder Instagram. Während Facebook in unserer Altersgruppe eine nicht so große Rolle spielte, war ein Profil bei Instagram und Snapchat fast unumgänglich.

Bei Snapchat konnten wir mit unseren Freunden „snappen“ und uns gegenseitig Bilder schicken. Wir bauten miteinander „Streaks“ oder „Flammen“ auf, indem wir uns täglich Snaps sendeten. Ab und zu, wenn wir etwas Cooles aßen, unternahmen oder sahen, posteten wir das gern mal in unserer „Story“.

Auch bei Instagram legten wir uns ins Zeug. Wir folgten unseren Freunden und natürlich berühmten Instagram-Stars, aber auch anderen Profilen, die uns gefielen, und likten deren Bilder. So folgten wir den Auftritten berühmter Influencer auf Instagram – wie Lisa und Lena oder diverse Fußballprofis –, abonnierten die Channels angesagter YouTuber – wie Dagie Bee, Rezo, Bibis Beauty Palace, die Lochis, LeFloid –, sahen uns Tutorials über Styling, Mode, Kochen oder Sport an und sahen Let’s Playern wie PewDiePie und Gronkh beim Zocken zu.

Für unser eigenes Profil gaben wir uns natürlich ebenfalls Mühe, schöne Fotos zu posten. Ob Bilder von Landschaften, von Gerichten oder von Tieren, aber auch Fotos von uns selbst, als Selfie, vor einer coolen Kulisse oder in einer der besagten „Insta-Posen“ – unserer Kreativität waren dabei keine Grenzen gesetzt.

Heißzeit

Sonne ohne Ende, tropische Hitze, kaum Regen und das von Mai bis Oktober, das war der Sommer 2018! Doch die „Heißzeit“ (Wort des Jahres 2018) hatte auch ihre Schattenseiten: vertrocknete Wiesen und Weiden, Bäume, die ihr Laub frühzeitig abwarfen, niedrige Pegelstände in Flüssen und Seen, Ernteausfälle für die Landwirtschaft. Der Klimawandel lässt grüßen! Die Extremwetterlagen nehmen zu, ob Hitzewellen, Kältewellen, sintflutartige Regenfälle, orkanartige Stürme – wir bekommen sie auch bei uns immer häufiger zu spüren.

Chillen war angesagt.

Unsere Art zu entspannen

Als Teenager hatten wir es nicht immer einfach mit der Schule und waren froh, wenn wir uns zu Hause ablenken konnten. Dann steckte man sich die Kopfhörer ins Ohr, aktivierte „Spotify" oder auch eine andere Plattform, um Musik zu hören, und spielte all seine Lieblingssongs, um sich aufzumuntern oder einfach zu chillen. Manche hörten auch gerne Hörspiele oder Hörbücher und konnten komplett in die Geschichten versinken und dabei entspannen. Während man sich als Kind noch immer CDs, wie zum Beispiel die „Bravo" mit allen Chartsongs drauf, kaufen musste oder die alten „Drei Fragezeichen"-Kassetten der Eltern rauf und runter hörte, ging das mittlerweile online.

Andere von uns konnten eher beim Lesen entschleunigen, und während ihr Bücherregal fast zu platzen schien, besorgten sie sich immer neue Bücher: ob von Flohmärkten, aus der Bibliothek oder der Buchhandlung – Hauptsache, der Lesestoff ging nie aus.

Wieder andere fanden beim Backen oder Kochen ihre völlige Entspannung und kreierten die schönsten Cupcakes, Torten oder Desserts, modellierten akribisch Sushi-Teilchen oder experimentierten mit veganen Zutaten. Glücklich, wer solche Freunde hatte und als Testesser fungieren durfte!

Erstes selbst verdientes Geld

Vielen von uns reichte das übliche Taschengeld von den Eltern irgendwann nicht mehr aus, denn wir wollten uns mehr Dinge leisten und häufiger mit unseren Freunden ausgehen. Das Leben wurde teurer für uns. Aber auch größere Ausgaben wie ein Führerschein, ein Laptop oder eine selbst geplante Reise wollten bezahlt werden. Da sich unsere Eltern oft quer stellten, blieb nur die Möglichkeit, eigenes Geld zu verdienen. Also schauten wir uns nach geeigneten Jobs um. Am Anfang waren es meistens noch Minijobs, wie zum Beispiel einmal die Woche Zeitungen in der Nachbarschaft austragen, Nachhilfeunterreicht

Mit Thekendienst und Babysitten konnte man sein Taschengeld aufbessern.

geben, Regale im Supermarkt einräumen oder Babysitten bei Bekannten und Verwandten. Mit 17 konnten wir auch größere Jobs annehmen und bewarben uns in Cafés, Restaurants, bei Partyservices oder in Geschäften. Hatten wir den Job, wurde unsere Freizeit natürlich noch knapper. Das konnte auch schnell anstrengend und nervig werden, doch am Ende zahlten sich unsere Mühen im wörtlichen Sinne aus, wenn nämlich das verdiente Geld auf unserem Konto landete. Von nun an konnten wir uns viel mehr leisten als vorher und es fühlte sich auch deutlich besser an, mit dem selbst verdienten Geld shoppen zu gehen.

Action im Sportcamp, ...

Reisefieber

Urlaub mit Freunden, ohne Eltern und Geschwister, der Traum eines jeden Teenagers. Jeden Tag tun und lassen, was man will, und den ganzen Tag mit seiner Clique Spaß haben. Egal ob in einem Zeltlager von der Kirche in den Bergen, vom Sportverein auf Sylt oder einem organisierten Sport-, Beach- oder Partycamp an der Costa Brava – Spaß hatte man allemal. Doch bevor der losgehen konnte, musste man erst einmal mit den Eltern klären, wer das alles bezahlte. Häufig gaben sie oder die Großeltern ein Menge Geld dazu, doch trotzdem sollte man sich den „eigenen Urlaub" in gewisser Weise auch verdienen oder man wollte einfach sein eigenes Budget etwas aufpimpen. Also war es an der Zeit, sich einen Minijob zu beschaffen.

Die Sommerferien kamen immer näher und wir zählten schon die Tage, bis es endlich losging. Koffer wurden gepackt und Proviant für die Fahrt gekauft, der natürlich größtenteils aus Süßigkeiten und Knabberkram bestand. Wenn man dann mit seinen Freunden vor dem Bus oder Zug stand, war man voller gemischter Gefühle. Einerseits platzte man geradezu vor Aufregung und Vorfreude, andererseits war man auch gespannt auf die Leute und natürlich war es ungewohnt, ohne Eltern zu verreisen, selbst die ganze Verantwortung zu tragen und an alles zu denken. Nach einer gefühlt ewig langen Fahrt endlich angekommen, mussten wir erst einmal alles erkunden, das Programm und die Angebote schecken: neben Spielen oder sportlichen Aktivitäten gab es aber auch einen Haufen Freizeit, in der man durch den Ort bummeln oder einfach nur chillen konnte. Natürlich lernten wir in solchen Camps oder Freizeiten eine Menge neue Leute kennen, was den Urlaub noch besser machte! Und die Eltern? Die haben wir eigentlich nicht vermisst! Vermisst haben wir höchstens mal ein Handtuch oder ein T-Shirt bei der Abreise ...

Spaß im Partycamp, ...

... Gruppenerlebnisse in der Jugendfreizeit, ...

... oder Sightseeing beim Schüleraustausch.

Fridays for future

Greta Thunberg hat den Anfang gemacht mit ihrem stillen Protest gegen den Klimawandel: Jeden Freitag hat die 16-jährige Schwedin vor dem Reichstagsgebäude in Stockholm für die Einhaltung der Klimaziele gestreikt, statt in die Schule zu gehen. Sie wurde zur Vorreiterin für die internationale Klimaschutzbewegung Fridays for Future – vorrangig von Schülern, Studenten und jungen Menschen getragen. Erst seit Jahresbeginn 2019 kam die Bewegung ins Rollen, schon wenige Wochen später fanden wöchentliche Streiks, Proteste und Aktivitäten zigtausender junger Leute in vielen deutschen Städten und auch in anderen Ländern statt, um auf die unmittelbare Bedrohung durch die Klimakrise aufmerksam zu machen und die Politik aufzufordern, Maßnahmen zum Schutz des Klimas, der Umwelt und des Planeten Erde zu unternehmen.

„Die Klimakrise ist eine reale Bedrohung für die menschliche Zivilisation – die Bewältigung der Klimakrise ist die Hauptaufgabe des 21. Jahrhunderts. Wir fordern eine Politik, die dieser Aufgabe gerecht wird.“ So steht es z. B. auf der Website der deutschen FFF-Bewegung.

Wir werden politisch

Fridays for Future ist die wohl größte politische Bewegung unserer Jugend, vor allem, weil die Klimakrise uns junge Menschen am meisten betrifft. Eine bessere Klimapolitik ist das Ziel der von der Schwedin Greta Thunberg ins Leben gerufenen Bewegung.

Um Aufmerksamkeit zu bekommen und der Forderung nach einer zukunftsfähigen Klimapolitik Nachdruck zu verleihen, blieben viele Schüler nach dem Muster von Greta jeden Freitag dem Schulunterricht fern. Es wurden Demonstrationen organisiert, Plakate gemalt und Diskussionen geführt. Viele von uns waren sofort Feuer und Flamme für die Bewegung, andere allerdings hatten zunächst Bedenken, einfach so die Schule zu „schwänzen“, und wollten sich erst einmal genauer mit dem Thema Umwelt und Klimawandel auseinandersetzen, um Klarheit zu haben, wofür überhaupt gestreikt wurde.

Vorbereitung für die Demo.

Uns hält kein Wetter auf.

Doch auch wenn man aus voller Überzeugung streiken ging, konnte man nicht immer auf die Unterstützung von Lehrern und Eltern hoffen. Es gab viele Lehrer, die die grundsätzliche Idee von Fridays for Future und die Beweggründe der Jugendlichen absolut befürworteten, aber sie durften es nicht unterstützen, dass wir dem Unterricht fernblieben. Die meisten Eltern hießen es gut, dass sich ihre Kinder für die eigene Zukunft einsetzten. Manche Eltern waren sich aber der wirklichen Beweggründe für das „Schwänzen" nicht sicher und appellierten an ihre Kinder, zunächst am eigen Verhalten etwas zu ändern. Natürlich machten wir uns unser Konsumverhalten auch bewusster, viele nahmen sich vor, weniger oder gar kein Fleisch zu essen und mehr mit dem Fahrrad oder Bus zu fahren. Auch im Unterricht kam das Thema Umweltschutz immer häufiger zu Sprache. Unsere Demonstrationen und Streiks haben also einen wichtigen Stein ins Rollen gebracht!

Endlich Führerschein!?

Mobilität war für uns ein wichtiges Thema, denn unser Radius wurde größer: um Freunde zu besuchen, zur Schule oder zum Sport zu gelangen oder abends auszugehen, mussten wir tw. schon weite Wege zurücklegen. Unsere Eltern hatten keine Lust mehr, das Taxi für uns zu spielen und verwiesen uns auf Fahrrad, Bus oder Bahn. Um unabhängig zu sein, machten manche von uns schon mit 16 den Motorrad-Führerschein (A1 oder AM), vor allem, wenn sie längere Wege zu Schule, Sport und in die Stadt hatten. Sie fuhren nun also mit dem Motorrad oder Roller durch die Gegend und waren somit viel flexibler, da sie nicht mehr auf Busse oder Bahnen warten mussten.

Mit 17 Jahren waren wir alt genug, um unseren Autoführerschein zu machen. Das nutzten viele aus und meldeten sich gleich in der Fahrschule an – denn loslegen konnten wir schon mit 16½.

In der Fahrschule hatten wir entweder die Möglichkeit, unsere Theoriestunden in einem Ferienkurs abzuarbeiten oder sie wöchentlich am Nachmittag zu besuchen. Anschließend oder parallel kamen die Fahrstunden hinzu. Die erste Stunde war meist eine aufregende Erfahrung, denn selbst wenn wir vorher bereits mit unseren Eltern auf dem Verkehrsübungsplatz waren oder mal irgendwo auf privatem Gelände ein bisschen geübt hatten, war es trotzdem etwas anderes, im normalen Straßenverkehr zu fahren. Als wir endlich alle fahrpraktischen Stunden abgehakt und auch unsere Theorieprüfung – dank Lern-App – bestanden hatten, stand die Fahrprüfung bevor. Den Termin verrieten wir unseren Eltern und Freunden nicht unbedingt, um nicht so unter Druck zu stehen.

Wir waren total aufgeregt, denn selbst der kleinste Fehler konnte uns unseren Führerschein verderben. Nicht jeder von uns schaffte es direkt auf Anhieb, so mancher brauchte zwei bis drei Versuche. Doch wenn man dann den Führerschein stolz in der Hand hielt, war der ganze Stress schnell vergessen. Nun konnte uns keiner mehr aufhalten.

Immer mehr Leute in unserem Alter, vor allem in den größeren Städten, fanden es aber auch nicht so wichtig, mit 17 oder 18 den Führerschein zu machen. Immerhin kostete er eine Menge Geld und man war bei den ganzen Staus mit dem Rad oder den „Öffis" in der Stadt oft viel schneller unterwegs als mit dem Auto – und klimafreundlicher!

Bestanden!

Der Rezo-Effekt

Der YouTuber und Influencer Rezo, Markenzeichen blaue Haare, war eigentlich bekannt für seine spaßigen Musik- und Comedy-Videos, die er auf seinen zwei YouTube-Kanälen – mit über zwei Millionen Abonnenten – verbreitete.

Am 18. Mai 2019, kurz vor der Europawahl, veröffentlichte er ein Webvideo mit dem Titel „Die Zerstörung der CDU". Darin nahm er die Politik der regierenden Parteien auseinander: Er kritisierte u. a., dass die Schere zwischen Arm und Reich größer wird und dass keine greifenden Maßnahmen gegen den Klimawandel unternommen werden. Seine Darstellungen belegte er mit wissenschaftlichen Fakten und Quellen. Fazit seines Videos war ein Aufruf, die Grünen, die Linke oder kleinere linksgerichtete Parteien, die sich für die Zukunft der Jugend, für Klima und Soziales einsetzen, zu wählen und CDU, SPD, FDP sowie AfD abzustrafen.

Damit hatte er Erfolg. Das 55-minütige Video wurde bis zur Europawahl über 10 Millionen Mal aufgerufen. Tatsächlich verloren die Unionsparteien sowie die SPD bei der Wahl massiv an Stimmen, während die Grünen einen grandiosen Stimmenzuwachs – vor allem von jungen Wählern – einfuhren. Der sogenannte Rezo-Effekt?! Nebeneffekt war eine hitzige Debatte über den Einfluss der neuen Medien auf die Politik und über die „neue Art" von Journalismus.

Die Zeiten ändern sich eben.

Geschafft: die Schulzeit geht zu Ende

Je älter wir wurden, desto anstrengender wurde die Schule. Wir bewegten uns in Richtung unseres Schulabschlusses und auch die Lehrer sahen nicht mehr alles so locker und versuchten aufs Übelste mit dem Unterrichtsstoff durchzukommen. Während die einen nach ihrem Haupt- oder Realschul-

Schon mal üben für die Motto-Party nach dem Schulabschluss!

abschluss eine Ausbildung anfingen und parallel die Berufsschule besuchten, hatten andere das Ziel, das (Fach-)Abitur zu machen. Da in der Oberstufe die Noten auch schon in unsere Abschlussnote eingehen würden, wurde uns irgendwann klar, dass wir nicht mehr alles auf die leichte Schulter nehmen konnten, denn für gute Noten mussten sich die meisten von uns richtig anstrengen. So wurde unsere Freizeit immer knapper und der Aufwand für die Vorbereitung von Schulprojekten, Hausaufgaben, Aufsätzen, Referaten, Hausarbeiten und Klausuren immer größer. Umso mehr machten sich Erleichterung und Erlösung breit, als alles überstanden war, gepaart mit Vorfreude und Neugierde auf das nächste Kapitel in unserem Leben.

Holt den Champagner raus!

Endlich 18!

Wir wurden reifer und erwachsener – unser 18. Geburtstag stand vor der Tür. Damit traten wir nicht nur in die Welt der Erwachsenen ein, es kamen auch mehr Privilegien hinzu, auf die wir lange gewartet hatten: Wir durften von nun an machen, was wir wollten, dazu gehörte zum Beispiel (alleine) Auto fahren, wählen gehen, Entschuldigungen für die Schule selber schreiben, ausgehen, so lange wir wollten, jede Art von Alkohol kaufen und trinken – was bei vielen von uns zu diesem Anlass auch reichlich ausgenutzt wurde – und wir waren freier und selbstständiger in unseren Entscheidungen. Natürlich hatten wir auch mehr Verantwortung, aber das schüchterte uns nicht ein. Auch wenn es vielleicht ein bisschen erschreckend war, dass wir nun schon „so alt" waren, und auch gleichzeitig traurig, dass unsere Kindheit zu Ende ging, eine richtige Geburtstagsparty mit Freunden und Verwandten musste sein! Und obwohl wir ein Leben lang voll Vorfreude auf diesen Tag gewartet hatten, der der coolste Tag in unserem bisherigen Leben sein sollte, fühlten wir uns kein bisschen anders. Auch wenn es hieß, dass wir von nun an zu den Erwachsenen gehörten, waren wir trotzdem noch jung und das sollte sich nicht so schnell ändern.